I0664532

A L'OMBRE

DE JACQUES DELILLE,

DITHYRAMBE,

SUIVI DE RECHERCHES SUR LA POÉSIE DITHYRAMBIQUE,

ET DE LA MESSE DE MINUIT;

AVEC LES DEUX NOTICES DE MM. FELETZ ET MICHAUD

ET QUELQUES PIÈCES INÉDITES DE J. DELILLE.

A L'OMBRE

DE JACQUES DELILLE,

DITHYRAMBE,

PAR M. DE CORIOLIS,

SUIVI DE RECHERCHES SUR LA POÉSIE DITHYRAMBIQUE,

ET DE LA MESSE DE MINUIT;

AVEC LES DEUX NOTICES DE MM. FÉLETZ ET MICHAUD,

ET QUELQUES PIÈCES INÉDITES DE J. DELILLE.

A PARIS,

CHEZ MICHAUD FRÈRES, LIBRAIRES,

RUE DES BONS-ENFANTS, N°. 34.

DE L'IMPRIMERIE DE L. G. MICHAUD.

M. DCCC. XIII.

AVERTISSEMENT·

L'AUTEUR de ce petit poëme était attaqué d'une maladie grave, lors de la maladie et de la mort de M. Delille. Privé de la consolation de rendre les derniers soins et les derniers devoirs au poète illustre qui l'honorait d'une amitié particulière, il a cherché dans ses vers une sorte de dédommagement pieux.

Il a choisi le genre de poëme appelé dithyrambe (*), dont le désordre convient assez bien au désordre de la douleur; peut-être s'est-il involontairement souvenu du célèbre dithyrambe où M. Delille prouva qu'on peut obéir sans bassesse à la tyrannie, et que celle-ci prévoit tout, excepté l'audace d'un noble cœur.

Une comparaison si redoutable pour le poète ne déplaît pas à l'ami qui pleure; il a surtout invoqué l'une de ces trois Muses plus anciennes qu'Hésiode, *Mnémé* (ou le Souvenir) : elle lui a rappelé les triomphes du maître, et cette bonté qui n'humilia jamais les vaincus.

A L'OMBRE

DE J. DELILLE.

. . . . Præcipe lugubres
Cantus Melpomene.
(HORAT. *ad Virg. de morte Quint.*)

O chantre aimé des dieux! chantre aimé des mortels!
A qui la Grèce en deuil eût voué des autels,
Il est donc vrai! tu fuis vers le rivage sombre:
J'embrasse encor Delille... et déjà c'est une ombre:
Telle qu'un songe heureux plus léger que les vents, (¹
Elle s'est dérobée à nos embrassements.
O dieux! toujours jaloux de ce qui sait nous plaire!
Ah! du moins, ah! pour prix de ses tendres concerts,
Qu'il dorme d'un sommeil aussi doux que ses vers!
        Que la Terre lui soit légère! (²

A L'OMBRE

Dis-nous, fille des sombres Nuits
Ou de l'Érèbe impitoyable, (3
Quelle est donc cette trame? et d'où vient que tu fuis
En montrant tes ciseaux dans ta main redoutable ?
Parle, parle, fille implacable.

Muette et pâle mort, tout reconnaît tes lois. (4
D'un bras indifférent tu frappes la chaumière
Et les palais des rois.
Tu renverses, sans choix,
Dans la même poussière,
L'athlète sans honneur au bout de la carrière,
Et le Chantre qui, tant de fois,
Sur une lyre d'or fit entendre sa voix.
O pâle Mort! tu désoles la Terre.

Eh! quoi, vous étalez, parmi tant de douleurs,
Toi, printemps, ta couronne, et vous, jardins, vos fleurs! (5
Jardins, qu'il a chantés! ah! plus de ces guirlandes;
Votre chantre se tait, plus de fleurs, plus d'offrandes:
Il faut que votre deuil

À notre deuil réponde;
Vous devez partager notre douleur profonde :
Delille est au cercueil. (6

Chastes Sœurs, il fallait garder votre poète;
    Il offrait un si chaste encens!
Non, vous n'eûtes jamais de plus pur interprète;
    A-t-il jamais souillé ses chants? (7
Chastes Sœurs, il fallait garder votre poète.

Hélas! il vous souvient de ce jour solennel, (8
    Où le bienfait de sa présence
    Consolait d'une longue absence
    Ceux qu'afflige un deuil éternel.
Dans quel ravissement, et de quelle tendresse
    Nous pressions ce vieillard aimé!
    Sur son front vainqueur et charmé
Nous placions des lauriers, innocente richesse!
Qui sait? qui me dira si cette longue ivresse
N'avançait pas des jours usés par les travaux?

Pour lui prouver notre tendresse,
   Aurions-nous été ses bourreaux?
Puisqu'autrefois Voltaire, aux rives de la Seine,
Succombait expirant sous d'homicides fleurs, (9
Nous, qui lui préparions une semblable scène,
Nous aurions dû prévoir de semblables douleurs.
Il fallait, modérant une fougue indiscrète,
Par trop d'émotions épuisant tout son cœur,
Aux forces du vieillard mesurer le bonheur;
Il fallait craindre tout pour cette illustre tête;

   Il fallait prévoir tous nos pleurs;
Il fallait invoquer toutes les chastes Sœurs :
Chastes Sœurs, il fallait garder votre poète!

Et voilà que la mort étouffe ses accents !
Quoi! tant de vers sacrés! tant de jours innocents !
Quoi! ces chants si pompeux, où sa muse féconde
Dévoilant la nature et ses obscurs secrets,
Des flancs du vieux chaos semblait tirer le monde; (10
Et ces chants, où son luth, humble ami de Palès, (11

Enseignait les plaisirs nés près de la chaumière,
Où sa muse docile, en habit de bergère,
Venait le délasser d'avoir, dans Albion,
Aux Anglais étonnés, fait voir l'autre Milton; (12
Et ces vers si touchants, (ô dieux! rien ne vous touche!)
Où, pour les exilés, sa suppliante bouche
Des cœurs encor français implorait la Pitié,
Qu'aux autels de la Peur immolait l'Amitié!

Tu nous intéressais à ces douces images,
Près du lac illustré par les douleurs sauvages (13
De ce génie ardent, sombre et capricieux,
Cherchant la renommée en fuyant tous les yeux.
Au lac où vint pleurer le chantre de Julie,
Tu vins pleurer aussi, chantre des malheureux,
Emportant tes beaux vers et ton noble génie,
Emportant la Pitié de la France bannie;
Tel Énée autrefois, dans la belle Ausonie,
Emportait ses malheurs, ses vertus et ses dieux. (14

On t'avait déjà vu dans la noire Tempête,

De l'Immortalité courageux interprète :

    Non l'Immortalité

    Qu'au monde épouvanté

    Un barbare en délire

    Annonçait, tout ensanglanté;

Non ce dieu des bourreaux qu'il avait inventé,

    Et qu'il avait chanté

    Sur sa profane lyre;

    Mais l'Immortalité

    Pour qui l'Homme soupire;

    Mais les champs radieux,

    Mais l'équité des cieux

    En qui le malheureux

    Se confie et respire;

    Mais ces horribles lieux

    Que nous cache la Terre,

    Où les audacieux, (15

    Imitant le tonnerre,

    Savent s'il est des dieux.

    De l'immortelle vie

C'est un hymne pieux
Pour une fête impie!

Quoi! ce chantre si doux a des accents si fiers!
Il avait préludé par de si simples airs!
L'innocence des champs, leurs travaux et leurs fêtes,
Nos jardins embellis, et trompant les hivers,
De sa Muse bornaient les paisibles conquêtes; (16
Quels sont ces chants si fiers?

L'impie à l'innocent demandait des concerts
Indignes de son ame, indignes de ses vers:
Lui, bravant le couteau suspendu sur sa tête,
Donne les chants promis. L'impie, en frémissant,
Lit dans les vers vengeurs l'avenir menaçant;
Contre le crime tout-puissant
La Muse du noble poète
Se révolte en obéissant.

Eh! bien, ces chants si beaux, cette ame encor plus belle,

2

Rien n'arrête le temps, rien. Amitié fidelle,

Commerce séduisant, ravissante bonté,

Admirable génie, ardeur toujours nouvelle,

Tout est vain. La Mort vient d'un pas précipité,

Et pasteur sans pitié, chasse tout devant elle. (17

Muette et pâle Mort, tout reconnaît tes lois.

Quand ton sommeil de fer accable la paupière, 18)

   La puissance des rois,

   Les héros, leurs exploits,

   Les chantres et leurs voix,

  Qu'est-ce?... un peu de poussière.

Hélas! jusqu'à la fin le cygne avait chanté:

Vous le savez, amis, qui l'avez écouté;

Vous savez si les ans trompaient son harmonie.

Jusqu'au dernier moment a brillé son génie,

Jusqu'au dernier moment a brillé sa candeur;

Ses vers étaient encore aussi purs que son cœur.

Oui, là, sur cette même couche,

Aujourd'hui sa couche de mort,

Sans crainte, comme sans remord,

Hier il chantait, et sa bouche

En torrents d'harmonie exhalait ses transports....

Silence!... entendez-vous?... ô mes amis, silence!

Nos pleurs auraient-ils donc... Est-ce bien ses accords?

Hôte échappé des sombres bords,

Delille, reviens-tu charmer encor la France?

Non, non. Mais quels accents confus

Ai-je donc entendus?

Écoutons..... il ne chante plus.

Muette et pâle Mort, ta faux est satisfaite,

Triomphe avec ton ris cruel.

Eh! bien, allez, portez dans la tombe muette

Ce débris illustre et mortel;

Mais la victoire est imparfaite :

Delille est immortel. (19)

Adieu, trois fois adieu, le plus grand des poètes,

Le plus aimable des amis!

Peut-être en quelque bois de ces douces retraites
Où Lucrèce et Milton t'attendaient réunis,
Peut-être en cette pure et brillante demeure
Tu souris à ces vers. où ma muse te pleure,
Comme je te voyais sourire à tes amis.

Adieu donc pour toujours ces douceurs désirées !
   Adieu donc les longues soirées
   Auprès de ton humble foyer,
Et ces vers que souvent j'entendais le premier.
Delille, souviens-toi de ces heures sacrées, [20]
Souviens-toi du loisir de nos chers entretiens,
Souviens-toi de tes vers et quelquefois des miens ;
Mais souviens-toi, surtout d'une amitié fidelle.

L'antiquité l'a dit, et Virgile avec elle,
Ceux qui de l'Élysée en paix foulent les champs,
Gardent leurs amitiés, leurs désirs, leurs penchants,
   Et même la haine éternelle.
(La haine, qui jamais ne s'approcha de toi.) [21]

Fidèle à ta promesse, à tes amis fidèle,
Pour acquitter ta foi,
Peut-être achèves-tu sur ta lyre immortelle
Ces vers interrompus et commencés pour moi. (22

Adieu, Delille, adieu!... Quand un mal sans remède
Venait glacer les cœurs près de ton lit souffrants,
Quelqu'un semblait manquer à tes regards mourants; (23
   Hélas! le mal à qui tout cède
Sur un lit indigné me retenait vaincu :
Mon cœur volait vers toi..... mais mon corps abattu
Ne pouvait de mon cœur égaler la puissance.
Et je n'ai pu te voir à ton dernier moment!
Et tes regards parlaient de mon ingrate absence!
Et parmi tant de pleurs au fatal monument
Où ceux qu'on a chéris viennent sitôt descendre,
Quelques larmes de moins ont arrosé ta cendre! (24

   Ami, ces noirs regrets
   D'un souvenir si tendre,
   Croîtront comme un cyprès

2...

Planté près de ta cendre.

Sur ce tombeau pieux, (25

(Qu'un soin religieux,

A ton désir fidèle,

Elève sous nos yeux),

Quand la Nuit de son aile

Menacera les cieux,

J'apporterai, comme elle,

Un deuil silencieux.

Seulement dans mes yeux

Quelque larme captive,

Justifiant les vœux

D'une bouche tardive,

Te satisferont mieux

Qu'une douleur plaintive,

Faible soulagement pour la triste amitié,

Et qui frappe en vain les oreilles

De la Parque, au cœur sans pitié.

Mais elle n'a de toi qu'une frêle moitié.

Ton génie est debout; il vivra dans ces veilles
De notre âge à jamais ravissantes merveilles.
Espère en tes beaux vers, chantre de la Pitié. (26

Tu m'aimais, et ma voix ne t'est point étrangère;
    Accepte donc mon dernier vœu,
    Accepte ma douleur sincère.
    Adieu, trois fois encore adieu! (27
    Que la terre te soit légère!

NOTES

SUR LE DITHYRAMBE.

———

(*) Il a choisi le genre de poëme appelé dithyrambe.

Q u e l q u e s personnes ont blâmé le titre de Dithyrambe, qu'on a donné à ce petit ouvrage ; elles
auraient préféré le nom d'élégie : il a semblé qu'elles
sont trop scrupuleuses. Sans doute, dans l'origine, le
dithyrambe était consacré à Bacchus, dont il prend
le nom. Les Grecs nommaient ce dieu Dithyrambe,
Διθύραμϐος, double (naissance, porte, triomphe).

C'étaient, dans le principe, des vers pleins d'em-
portement et de fureur. Depuis, on appela dithyrambe, au témoignage d'Aristote et d'Horace, les
vers où les mesures ordinaires n'étaient pas obser-
vées, sans distinction du sujet.

Nous n'avons aucun dithyrambe des anciens poètes ; on sait seulement que c'était une poésie très har-

die et très déréglée. « Les poètes, non seulement
» forgeaient des mots, dit M. Dacier, mais ils en fai-
» saient de doubles et de composés. Pindare, ajoute-
» t-il, était né pour la témérité dithyrambique. »
Horace l'a quelquefois imité. Le P. Commire a fait
des dithyrambes latins, c'est-à-dire des pièces de
poésie sans ordre et sans distinction de strophes, et
selon que les vers viennent s'offrir. Rédi, physicien
et poète, a renouvelé chez les Italiens cette espèce
de poème. Il y a aussi un dithyrambe de Pégolotti.

Ce genre de poésie convient donc indifféremment
à tous les sujets qui admettent un certain désordre
apparent d'idées, et qui admet plus ce désordre que
la douleur ? M. de La Harpe a adressé un dithyrambe *aux mânes de Voltaire.* Et qui empêche
qu'un dithyrambe ne soit une élégie ?

Voici, au reste, une définition du dithyrambe
qui nous semble trancher assez bien la difficulté ;
elle a été adressée à l'auteur, après une lecture de
son poème, par un écrivain que distinguent un esprit
et un savoir très étendus, M. de Sismondi :

« Les Grecs avaient nommé dithyrambe des vers
» nés de l'enthousiasme qu'excitait chez eux le culte

» de Bacchus, lorsqu'une ivresse poétique exprimait
» l'égarement des sectateurs d'un dieu qui troublait
» la raison. De toutes les odes, c'était la plus animée,
» celle où les transitions étaient le plus rapides, où
» l'imagination rejetait le plus complètement le frein
» de la raison, où le poète oubliait, ou semblait le
» plus oublier ses auditeurs et l'effet qu'il voulait
» faire, pour exhaler son ame, et se satisfaire lui-
» même par l'expression de tous ses sentiments. Ce
» fut pour laisser plus de liberté à ces impressions
» variées, et parce que des sentiments que rien ne
» réglait demandaient une harmonie toujours nou-
» velle, que le dithyrambe ne fut point écrit, comme
» l'ode, en strophes régulières; cependant il était
» partagé en périodes harmoniques, en couplets
» dont les vers avaient entre eux une certaine symé-
» trie; mais la règle d'un couplet ne s'étendait point
» au couplet qui le suivait.

» L'antique destination religieuse de ce petit poëme
» ne peut plus être pour nous son trait caractéristi-
» que. Si un moderne écrivait une ode en vers libres
» à Bacchus, ce ne serait qu'une froide imitation des
» anciens, non l'élan d'une ame religieuse qui ren-

» drait un culte réel au dieu de Naxos ; ce ne serait
» donc pas un dithyrambe. Celui même de Rédi,
» chez les Italiens, n'en est pas un, parce que la
» vérité du sentiment lui manque. Ou il ne peut
» plus y avoir de dithyrambe, ou ce nom doit être
» réservé,chez les modernes, à une ode inspirée, dont
» le mouvement est uniquement lyrique, dont tous
» les couplets sont d'une structure musicale, et dont
» les strophes, cependant, loin d'être soumises à une
» seule règle, sont toutes variées. Un chant inspiré
» par la douleur à un poète. . . . .
» sur la mort d'un grand poète, sera un dithyrambe,
» ou ce nom a perdu toute signification, et ne doit
» plus être employé en français. »

¹) Telle qu'un songe heureux plus léger que les vents.

. . . . *Effugit imago*
Par levibus ventis volucrique simillima somno.
(VIRG., *Æn. lib. II.*)

²) Que la terre lui soit légère !

Sit tibi terra levis....
Et sit humus cineri non onerosa tuo.
(OVID., *de morte Tibulli.*)

3) Ou de l'Erèbe impitoyable.

Orphée, dans son *Hymne aux Parques*, les nomme filles de l'Érèbe. Hésiode les fait naître de la Nuit.

4) Muette et pâle mort, tout reconnaît tes lois.
   Pallida mors, etc.

(HORAT.)

5) Toi, Printemps, ta couronne, et vous, jardins, vos fleurs!

Le poëme des *Jardins* commence ainsi :

Le doux printemps revient, et ranime à la fois
Les oiseaux, les zéphirs, et les fleurs, et ma voix.

Que ce rapprochement est triste du début d'un des plus beaux ouvrages de M. Delille et de sa mort !

6) Delille est au cercueil.
   Jacet ecce Tibullus.

(OVID., *loc. sup. cit.*)

7) A-t-il jamais souillé ses chants?

Les Muses sont chastes. *Castæ pierides.*
C'est une chose très digne de remarque que dans

un temps où la licence des écrits était portée si loin, jamais la muse de M. Delille n'a offert la moindre trace de cette contagion, quand la gaîté de son esprit et l'aimable facilité de ses mœurs semblaient devoir l'entraîner. Peut-être une grande délicatesse de goût lui faisait-elle une loi de la plus exacte décence : ces deux choses sont assez liées.

8) Hélas ! il vous souvient de ce jour solennel.

On n'a pas oublié (quoique la mémoire du public soit si souvent ingrate), on n'a pas oublié le triomphe public de M. Delille au collége de France, peu de mois avant sa mort; il paraissait après une longue absence et une cruelle maladie. On ne saurait peindre l'enthousiasme qu'inspira ce grand poète et cet homme si bon. Ses élèves le couronnèrent malgré lui, et les applaudissements du public lui décernèrent une seconde fois la couronne. L'attendrissement du poète gagna les spectateurs, et si, dans ce triomphe si touchant et si pur, il s'était trouvé un esclave pour injurier le triomphateur, un bourreau de la gloire (*Gloriæ carnifex*), comme Pline l'appelle, il n'eût osé monter sur le char.

3

9) Succombait expirant sous d'homicides fleurs.

Le fameux triomphe de M. de Voltaire à la comédie française. On croit que tant d'émotions lui coûtèrent la vie. « On me tue, s'écriait le vieillard dans » l'ivresse, on m'étouffe sous des roses. »

L'auteur du Dithyrambe, faisant allusion à cet événement, disait à M. Delille : « Voltaire en est mort ; » mais je vous connais bien, vous en reviendrez. » Il a trop peu survécu.

10) Des flancs du vieux cahos semblait tirer le monde.
(*Les Trois Règnes.*)

11) Et ces chants où son luth humble ami de Palès.
(*L'Homme des Champs.*)

12) Aux Anglais étonnés fait voir l'autre Milton.

La traduction du *Paradis perdu* est peut-être, après celle des *Géorgiques latines*, la plus belle qui soit sortie de cette plume si brillante et si flexible. Les Anglais, chose insigne, sont, sur ce point, d'accord avec les Français.

13) Près du lac illustre par les douleurs sauvages.

L'île de Saint-Pierre, dans le lac de Bienne, en Suisse, qui servit de retraite à Rousseau de Genève et à M. Delille. Voici la description que fait J.-J. Rousseau de l'île de St.-Pierre, et de la vie qu'il y menait.

« L'île de St.-Pierre, appelée à Neufchâtel l'île
» de la Motte, au milieu du lac de Bienne, a environ
» une demi-lieue de tour; mais dans ce petit espace
» elle fournit toutes les principales productions né-
» cessaires à la vie. Elle a des champs, des près, des
» vergers, des bois, des vignes, et le tout, à la fa-
» veur d'un terrain varié et montagneux, forme une
» distribution d'autant plus agréable, que ses parties
» ne se découvrant pas toutes ensemble, se font valoir
» mutuellement, et font juger l'île plus grande qu'elle
» n'est en effet. Une terrasse fort élevée en forme la
» partie occidentale, qui regarde Gléresse et Neuve-
» ville. On a planté cette terrasse d'une longue allée
» qu'on a coupée dans son milieu par un grand sa-
» lon, où, durant les vendanges, on se rassemble les
» dimanches, de tous les rivages voisins, pour dan-
» ser et se réjouir. Il n'y a dans l'île qu'une seule
» maison, mais vaste et commode, où loge le rece-

3..

» veur, et située dans un enfoncement qui la tient à
» l'abri des vents.

» A cinq ou six cents pas de l'île est, du côté
» du sud, une autre île beaucoup plus petite,
» inculte et déserte, qui paraît avoir été détachée
» autrefois de la grande par les orages, et ne pro-
» duit parmi ses graviers que des saules et des per-
» sicaires, mais où est cependant un tertre élevé,
» bien gazonné et très agréable. La forme de ce lac
» est un ovale presque régulier. Ses rives, moins
» riches que celles des lacs de Genève et de Neuf-
» châtel, ne laissent pas de former une assez
» belle décoration, surtout dans la partie occiden-
» tale, qui est très peuplée, et bordée de vignes
» au pied d'une chaîne de montagnes, à peu près
» comme à Côte-Rotie; mais qui ne donnent pas
» d'aussi bon vin. On y trouve, en allant du sud au
» nord, le bailliage de St.-Jean, Neuveville, Bienne
» et Nidau à l'extrémité du lac, le tout entremêlé
» de villages très agréables. . . . .
. . . .
» Les divers sols dans lesquels l'île, quoique petite,
» était partagée, m'offraient une suffisante variété de

» plantes pour l'étude et pour l'amusement de toute
» ma vie. Je ne voulais pas laisser un poil d'herbe
» sans analyse, et je m'arrangeais déjà pour faire,
» avec un recueil immense d'observations, la *Flora*
» *Petrinsularis*. . . . .

. . . . : . . . .

» Je fis là l'essai d'une douce vie dans laquelle j'au-
» rais voulu passer la mienne, et dont le goût que j'y
» pris ne servit qu'à me faire mieux sentir l'amer-
» tume de celle qui devait si promptement y succéder.

. . . .

» Je ne manquais point, à mon lever, lorsqu'il fai-
» sait beau, de courir sur la terrasse humer l'air sa-
» lubre et frais du matin, et planer des yeux sur
» l'horizon de ce beau lac, dont les rives et les
» montagnes qui le bordent enchantaient ma vue. .

. . . .

» Souvent, quand l'air était calme, j'allais, immé-
» diatement en sortant de table, me jeter seul dans un
» petit bateau que le receveur m'avait appris à me-
» ner avec une seule rame ; je m'avançais en pleine
» eau. Le moment où je dérivais me donnait une
» joie qui allait jusqu'au tressaillement, et dont il

3...

» m'est impossible de dire ni de bien comprendre la
» cause, si ce n'était, peut-être, une félicitation se-
» crète d'être en cet état hors de l'atteinte des mé-
» chants. J'errais ensuite seul dans le lac, approchant
» quelquefois du rivage, mais n'y abordant jamais.
» Souvent, laissant aller mon bateau à la merci de
» l'air et de l'eau, je me livrais à des rêveries sans
» objet, et qui, pour être stupides, n'en étaient pas
» moins douces. . . . .
. . . .

» Cependant, pour complaire à mon pauvre chien
» qui n'aimait pas autant que moi de si longues sta-
» tions sur l'eau, je suivais d'ordinaire un but de pro-
» menade, c'était d'aller débarquer à la petite île,
» de m'y promener une heure ou deux, ou de m'é-
» tendre au sommet du tertre sur le gazon, pour
» m'assouvir du plaisir d'admirer ce lac et ses envi-
» rons, pour examiner et disséquer toutes les herbes
» qui se trouvaient à ma portée, et pour me bâtir,
» comme un autre Robinson, une demeure imagi-
» naire dans cette petite île. . . . .
. . . .

» J'espérais que les Bernois, témoins de l'emploi

» de mes loisirs, ne songeraient plus à en troubler la
» tranquillité, et me laisseraient en paix dans ma so-
» litude. J'aurais bien mieux aimé y être confiné par
» leur volonté que par la mienne, j'aurais été plus
» assuré de n'y point voir troubler mon repos. . . .

. . . .

» Au moment où je m'y attendais le moins, je reçus
» une lettre de M. le baillif de Nidau, dans le gou-
» vernement duquel était l'île de St. - Pierre : par
» cette lettre il m'intimait, de la part de LL. EE. ,
» l'ordre de sortir de l'île et de leurs états. Je crus
» rêver en la lisant. »   (*Conf.*, liv. XII.)

« De toutes les habitations où j'ai demeuré (et
» j'en ai eu de charmantes), aucune ne m'a rendu si
» véritablement heureux et ne m'a laissé de si ten-
» dres regrets que l'île de St.-Pierre, au milieu du
» lac de Bienne. Cette petite île, qu'on appelle à
» Neufchâtel l'île de la Motte, est bien peu connue,
» même en Suisse. Aucun voyageur, que je sache,
» n'en fait mention. Cependant elle est très agréable
» et singulièrement située pour le bonheur d'un
» homme qui aime à se circonscrire ; car, quoique je
» sois peut-être le seul au monde à qui la destinée

» en ait fait une loi, je ne puis croire être le seul
» qui ait un·goût si naturel, quoique je ne l'aie trouvé
» jusqu'ici chez nul autre.

   » Les rives du lac de Bienne sont plus sauvages
» que celles du lac de Genève, parce que les rochers
» et les bois y bordent l'eau de plus près; mais elles
» ne sont pas moins riantes. S'il y a moins de culture
» de champs et de vignes, moins de villes et de
» maisons, il y a aussi plus de verdure naturelle ,
» plus de prairie , d'asyles ombragés de bocages,
» des contrastes plus fréquents, et des accidents plus
» rapprochés. Comme il n'y a pas sur ces heureux
» bords de grandes routes commodes pour les voi-
» tures, le pays est peu fréquenté par les voyageurs ;
» mais il est intéressant pour des contemplatifs soli-
» taires qui aiment à s'enivrer à loisir des charmes
» de la nature, et à se recueillir dans un silence que
» ne trouble aucun autre bruit que le cri des aigles ,
» le ramage entrecoupé de quelques oiseaux, et le
» roulement des torrents qui tombent de la montagne.
» Ce beau bassin, d'une forme presque ronde ; en-
» ferme dans son milieu deux petites îles, l'une ha-
» bitée et cultivée, d'environ demi-lieue de tour ;

» l'autre, plus petite, déserte et en friche, et qui sera
» détruite à la fin par les transports de la terre qu'on
» en ôte sans cesse pour réparer les dégâts que les
» vagues et les orages font à la grande. C'est ainsi
» que la substance du faible est toujours employée au
» profit du puissant.

» Il n'y a dans l'île qu'une seule maison, mais
» grande, agréable et commode, qui appartient à
» l'hôpital de Berne, ainsi que l'île, et où loge un
» receveur avec sa famille et ses domestiques. Il y
» entretient une nombreuse basse-cour, une volière,
» et des réservoirs pour le poisson. L'île, dans sa
» petitesse, est tellement variée dans son terrain et
» ses aspects, qu'elle offre toutes sortes de sites, et
» souffre toutes sortes de culture. On y trouve des
» champs, des vignes, des bois, des vergers, des
» gras pâturages ombragés de bosquets et bordés
» d'arbrisseaux de toute espèce, dont le bord des
» eaux entretient la fraîcheur; une haute terrasse,
» plantée de deux rangs d'arbres, borde l'île dans sa
» longueur, et dans le milieu de cette terrasse, on a
» bâti un joli salon, où les habitants des rives voi-

» sines se rassemblent et viennent danser les di-
» manches durant les vendanges. »

（*Rév.*, 5ᵐᵉ. *Promenade.*）

4) Emportait ses malheurs, ses vertus et ses dieux.

Cette pensée est empruntée du discours noble et
pathétique du président de l'institut, aux funérailles
de M. Delille.

15) Où les audacieux,
Imitant le tonnerre,
Savent s'il est des dieux.

Salmonée, roi d'Élide, fut foudroyé par Jupiter,
pour avoir voulu imiter le foudre inimitable, dit le
poëte.

Vidi et credules dantem Salmonea pœnas,
Dum flammas Jovis et sonitus imitatur olympi.
Quattuor hic invectus equis, et lampada quassans,
Per Graiûm populos mediœque per Elidis urbem
Ibat ovans, divûmque sibi poscebat honorem ;
Demens! qui nimbos et non imitabile fulmen
Ære et cornipedum pulsu simulârat equorum.
At pater omnipotens densa inter nubila telum
Contorsit; non ille faces, nec fumea tœdis
Lumina; præcipitemque immani turbine adegit.

（ Virg., *Æn. lib. VI.* ）

Voici la traduction de ces vers ; on se sert de celle de M. Delille :

« Là, j'ai vu de ces dieux le rival sacrilége,
» Qui, du foudre usurpant le divin privilége,
» Pour arracher au peuple un criminel encens,
» De quatre fiers coursiers, aux pieds retentissants,
» Attelant un vain char dans l'Elide tremblante,
» Une torche à la main y semait l'épouvante :
» Insensé qui, du ciel prétendu souverain,
» Par le bruit de son char et de son pont d'airain
» Du tonnerre imitait le bruit inimitable !
» Mais Jupiter lança le foudre véritable,
» Et renversa, couverts d'un tourbillon de feu,
» Le char, et les coursiers, et la foudre, et le dieu,
» Son triomphe fut court, sa peine est éternelle. »

16) De sa Muse bornaient les paisibles conquêtes.

M. Delille n'avait encore publié que sa traduction des *Géorgiques* et le poëme des *Jardins*.

17) Et pasteur, sans pitié, chasse tout devant elle.

Psalm. J.-B. Rousseau imite ainsi le psalmiste.

. . . La cruelle Mort, les prenant pour victimes,
Frappe ces vils troupeaux dont elle est le pasteur.

¹⁸) Quand ton sommeil de fer accable la paupière.

. . . . *Ferreus urget*

Somnus.

(Virg., *Æn. lib. II.*)

¹⁹) *Delille est immortel.*

Allusion à ces vers du dithyramhe de M. Delille, où il s'adresse aux victimes :

Voyageurs d'un moment aux terres étrangères, Consolez-vous, vous êtes immortels.

²⁰) Delille, souviens-toi de ces heures sacrées.

L'auteur a passé huit ans à voir régulièrement M. Delille deux fois la semaine. Le charme de ces soirées ne s'effacera jamais de son esprit. Quand il arrivait à l'heure accoutumée : «*Ah ! voilà l'heure* » *sacrée,*» disait agréablement M. Delille.

²¹) La haine qui jamais ne s'approcha de toi.

M. Delille, avec un grand talent, n'eut point d'ennemis; on ne·sait pourquoi on répète cela après tout le monde. Il a eu quelques détracteurs, et l'auteur de la *Satire sur le luxe* et de la traduction de l'*Épître de Pope au docteur Arbuthnot*, était certes en fonds pour les railler cruellement; mais si M. Delille eut beaucoup de malice dans l'esprit, il eut encore plus de bonté dans le cœur; c'était le poète de Platon, c'était un de ces poètes dont parle l'auteur du *Génie du christianisme* : « Ils célè- » brent les dieux avec une bouche d'or, et ils ne » savent pas les choses les plus communes de la vie.» C'est lui surtout que La Fontaine eût appelé : *Hôte de mœurs aisées.*

22) Ces vers interrompus et commencés pour moi.

C'est une pièce de vers qu'il avait adressée à l'auteur, et qu'il n'a pu finir, sur le petit poëme de la *Messe de minuit*, qu'il aimait d'affection. Voici ceux dont on s'est souvenu :

Quel est donc ce chant solennel ?
Est-ce vous qui chantez ? ou les anges du ciel
Nous annoncent-ils la nouvelle
De ce fils éternel d'une mère mortelle ?
. . . .
. . . . Au milieu des publiques louanges,
Je ne distingue plus les cantiques des anges.
. . . .

4

Une autre fois, ayant entendu l'auteur réciter ce même poëme chez une femme distinguée par son esprit et son tendre attachement pour M. Delille, il adressa tout de suite à M. de C... ce quatrain :

> La religion souriant
> Pour vous a soulevé son voile,
> Votre génie a son étoile
> Comme les Mages d'Orient.

Certainement, ces vers impromptu valent infiniment mieux que ces quatre vers adressés par M. de Voltaire à M. Delille :

> Vous n'êtes point savant en *us*,
> D'un Français vous avez la grâce;
> Vos vers sont de Virgilius,
> Et vos épîtres sont d'Horace.

La brillante facilité de Voltaire fut en défaut ce jour-là.

²³) Quelqu'un semblait manquer à tes regards mourants.
Et novissimâ in luce, desideraveré aliquid oculi tui.
(TACIT., *in vitâ Agric.*)

(L'auteur était alors dangereusement malade de la rougeole.)

24) Quelques larmes de moins ont arrosé ta cendre.
Paucioribus tamen lacrymis compositus es.

(Tac., *sup. cit.*)

25) Sur ce tombeau pieux,
(Qu'un soin religieux,
A ton désir fidèle,
Elève sous nos yeux.)

Mme. Delille (fidèle aux volontés que M. Delille avait consignées dans l'épître si touchante qu'il lui adressa peu d'années avant sa mort), s'occupait d'élever à son illustre époux un monument tel qu'il le lui demandait dans ses vers, quand le plus honorable concours d'artistes et de gens de lettres est venu lui disputer ce soin pieux.

26) Espère en tes beaux vers, chantre de la Pitié.
Carminibus confide bonis.

(Ovid., *de morte Tibulli.*)

27) Adieu, trois fois encore adieu,
Que la terre te soit légère !

Sit tibi terra levis ; c'était le souhait des anciens dans les funérailles. Ils disaient trois fois

4..

adieu, *vale*, *vale*, *vale*, après avoir invoqué Libitine, déesse des funérailles, que l'on croit être la
même que Vénus, *Vénus Libitine*. La déesse de
la naissance, de l'amour et des funérailles ! Quelles
graves pensées sous ces allégories si enjouées de la
Grèce ! c'est le *memento*, *homo*, *quià pulvis es*.
Græcia mendax, dit-on. Cette Grèce menteuse
cache de hautes vérités sous ses riants mensonges.

_____

Nota. Diverses causes ayant retardé l'impression de
ce petit ouvrage, l'Auteur a réuni quelques recherches
et quelques idées sur la poésie dithyrambique, qu'on
ne trouvera peut-être pas déplacées à la suite d'un
dithyrambe. Peu de personnes se forment une idée
très juste de ce genre de poésie. On trouvera ici des
éclaircissements qu'on ne pouvait donner dans de
courtes notes.

ESSAI

SUR L'HISTOIRE

DE LA POÉSIE DITHYRAMBIQUE

CHEZ LES GRECS.

LA poésie dithyrambique des Grecs est célèbre, mais son histoire est peu connue; aucun des philologues des derniers siècles ne s'est jamais proposé d'en traiter à fond. Le petit nombre des monuments qui nous restent de cette poésie les aura vraisemblablement détournés d'un travail qui promettait peu de succès : il est certain que ce sujet offre de grandes difficultés. La poésie dithyrambique, de même, et plus encore que toute autre espèce de poésie chez les Grecs, ne fut, dans l'origine, qu'un chant tout assujéti aux ins-

4..

pirations de la musique, et nullement à des règles
de versification et de goût. Or, en ce qui concerne
les arts des anciens, les choses relatives à leur
musique sont restées pour nous les plus obscures.
Aussi de tout ce que Lilio Giraldi, Jules Scaliger,
Schmidt, G.-J. Vossius, plusieurs académiciens
distingués, et récemment l'illustre auteur du
Voyage d'Anacharsis, M. de La Harpe, et un
littérateur étranger (1), ont dit sur le dithyrambe,
résulte-t-il plutôt une idée sommaire, et, j'ose
dire, un peu confuse de la nature des poëmes
ainsi nommés, que la définition exacte de ce qu'ils
furent dans l'origine, et le tableau des change-

---

(1) *G. J. Voss. Inst. Poet*, lib. III, cap. XVI. —
Schmidt, De Dithyr. ad calc., edit. Pind., p. 251.
— *Burette*, Ac. des I et B. L., vol. X, p. 306; XIII,
p. 199. — *Vatry*, ibid., vol. XV, p. 258. — *Voyage
du J. Aachars.*, ch. LXXX, t. VII, p. 60. — *La Harpe,
Lyc.*, ou *Cours de littér.*, t. I, p. 65. — *Romani de
Timkowsky comment. de Dithyr. in Ac. semin. reg.
et soc. philolog. Lips.*, vol. I, p. 204. — Conf. L.
Greg. Gyrald. de Pœtar. Hist., dialog. I, col. 39 et
40. — *Jul. Scalig., Poëtic.*, lib. I, cap. XLVI.

ments ou variations qu'ils ont subis à diverses
époques dans le cours de plusieurs siècles. Le désir d'acquérir à cet égard des notions sûres et
plus nettes m'avait fait entamer des recherches
que je n'ai point le loisir de continuer ; mais je
les ai poussées assez loin pour reconnaître que
l'on pourrait ajouter beaucoup aux connaissances
qui résultent des écrits dont je viens de parler ;
ce n'est pas que je prétende avoir entrevu la so-
lution des difficultés les plus fortes, je veux dire
celles qui roulent sur la musique et le chant, ces
premiers éléments de la poésie dithyrambique ;
je n'oserais pas même effleurer une semblable
matière. Mes aperçus tombent uniquement sur
les vicissitudes que le poëme dithyrambique aura
éprouvées, chez les Grecs, tant par rapport à son
emploi, à sa composition, au style et au goût qui
le caractérisent, selon les temps, que par rapport
à l'estime qui lui fut successivement accordée ;
mais, pour tout objet qui présente deux faces,
les lumières que l'on répandrait sur l'une rejailli-
raient toujours plus ou moins sur l'autre. La
faible esquisse que, par occasion, je me permets

de publier, servira tout au plus à réveiller l'attention des habiles; mais dût-elle encore ne les engager qu'à perfectionner l'histoire purement philologique du Dithyrambe, qui sait si, cette partie une fois complétée, il ne deviendra t pas plus aisé de percer l'obscurité de points plus importants, auxquels je me garderai bien ici de toucher?

Je conviens, si on le veut, qu'il restera toujours difficile d'assigner la signification réelle du nom *Dithyrambe* (1). Ceux qui l'ont cherchée dans la langue grecque n'ont pu rester d'accord; ils l'ont tirée, les uns (2) de la double naissance du dieu (*dis thyras ameibón*), sorti successivement des flancs de Sémélé et de la cuisse de Jupiter; les autres (3), de l'antre à deux portes (*dithirité*), où il fut nourri; ceux-ci (4), du cri (*lythi rhamma*) par lequel Jupiter, en travail,

---

(1) Conf. *Burette*, Ac. des I. et B. L., vol. X, p. 306.
(2) *Procl. Chrescom.*, edit. Weckel, p. 8.
(3) *Id.* ibid.
(4) *Id.* ibid. *Etymol. M.* V. *Dithyr.*

demandait d'être promptement délivré de l'enfant
qu'il portait dans sa cuisse ; ceux-là (1), de l'élo-
quence communiquée aux buveurs par le vin, qui
semble leur ouvrir deux bouches à la fois (*sto-
ma dithyron*). Quelques-uns, peu contents de
ces étymologies grecques, dont la fausseté, pour
ne pas dire l'absurdité, est palpable, ont voulu
recourir aux langues orientales. J'adopterais volontiers cette dernière opinion (2), car il est assez
probable que le nom et la chose , appartenant
d'origine à l'Egypte, et ayant passé de là dans
l'Asie, auront été ensuite apportés de la Phrygie
et de la Thrace en Grèce, avec le culte de *Dionysus ;* mais, même en ce cas, il est à désirer
que d'habiles orientalistes s'occupent de détermi-
ner le mot que les grecs auront immanquablement
défiguré en le transportant dans leur langue. Ne
serait-il pas possible, aujourd'hui, de suppléer

---

(1) *Phurnut. de nat. Deor.*, cap. **XXX.**

(2) Conf. Vatry , *Rech. sur l'orig. et les progr. de la
trag. , etc.* Ac. des I. et B. L., vol. XV, Mém. , p. 258
et suiv.

au peu que Bochart, se bornant presque toujours à scruter les idiomes phéniciens, hébraïque et syriaque, a dit (1) sur ce sujet?

On ne saurait douter que, dans son origine, le Dithyrambe des Grecs n'ait été un hymne à la louange de *Dionysus* (2). Dès lors il est à croire, et l'on parviendrait peut-être à constater que le culte de cette divinité n'ayant pas été le plus anciennement reçu dans la Grèce, les hymnes dithyrambiques n'ont pas été non plus les premiers en usage ; et, de même, si le culte de *Dionysus* fut effectivement introduit en Grèce, comme nous le faisions voir tout à l'heure, il deviendra vraisemblable que les Grecs auront dû l'invention et l'usage de leur poésie dithyrambique aux poètes-musiciens de la Thrace, reconnus pour avoir été leurs premiers maîtres en musique et en poésie, arts qui, dans le principe, ne furent jamais séparés ni distincts.

----

(1) *Bochart*, *Geogr. sacr.* lib. I, cap. XVIII, col. 441, lin. 60 et seqq.

(2) Conf. *Souchay, sur les Hymnes*, etc., 1738, Ac. des I. et B. L., vol. XII, Mém., p. 3.

Le culte de *Dionysus*, dans ses rites, ne différait guère du culte de Cybèle ; ainsi les courses
nocturnes sur les montagnes et dans les bois, le
bruit des tambours, une sorte de fureur, des
cris et des chants confus et sans règle, toutes ces
choses, qui caractérisaient le culte de Cybèle,
durent être communes à celui de *Dionysus* ; et,
conséquemment, les hymnes consacrés à ce dieu
ne purent différer beaucoup des hymnes consacrés à la déesse. On peut donc regarder comme
des exemples de poésie dithyrambique, non seulement ce qui nous reste de fragments des pièces
intitulées proprement *Dithyrambes*, mais encore
ce que nous connaissons des morceaux composés
en l'honneur de Cybèle ; ces derniers, s'ils ne
portaient pas la dénomination spéciale de *Dithy-*
rambes, en avaient au moins toutes les qualités.
Disons plus, jamais dans les vrais Dithyrambes,
je parle des Dithyrambes de première origine,
les louanges de Cybèle ne manquèrent de se
joindre à celles de *Dionysus* ; on le voit par les
fragments des Dithyrambes bachiques de Pindare,
par les chœurs dithyrambiques du drame d'Eu-

ripide, intitulé les *Bacchantes*, et par d'autres
chœurs de ce même genre dans l'un des drames
comiques d'Aristophane (1) : dès lors nous comp-
terons au nombre des poëmes dithyrambiques
l'*Atys* de Catulle (2). Cette pièce qui, pour le goût
et l'esprit, semble étrangère au poète de Véronne,
n'aura été que la traduction d'un Dithyrambe
composé par quelque lyrique grec (3), assez ancien sans doute, mais néanmoins postérieur à
l'époque de certains changements que nous allons
signaler; car si l'on veut définir plus particulièrement le Dithyrambe primitif, voici, je crois, ce
que l'on peut dire.

Dans les plus anciennes fêtes de *Dionysus*,
dans les orgies, telles que les *Sabazia* et les
Trieterica, outre l'immolation d'un bouc, on faisait
d'autres sacrifices; on formait aussi des chœurs
ou danses en rond autour de l'autel; on courait

———————————————

(1) *Aristoph. Av.*, v. 864.

(2) *Catull.*, carm. LXIII, édit. Dœring., t. I, p. 227.

(3) Conf. *Warton samml. vermischt. Schrift*, B. VI,
pag. 221, Berl., 1763.

dans les vallées et sur les monts, en chantant le Dithyrambe au bruit des tambours, des crotales et d'autres instruments de musique rauques et sonores. Les acteurs de ces fêtes, couronnés de pampres et de lierre, les cheveux épars, vêtus d'une peau de cerf ou de daim, armés d'un thyrse, échauffés par le son des instruments, s'imaginant être en présence du dieu, ne pouvaient manquer de se trouver hors d'eux-mêmes, de perdre la raison, de respirer l'enthousiasme et la fureur. Il est aisé de juger quelle dut être la nature des pièces musico-poétiques nées de telles circonstances, et composées au milieu de cette ivresse. Des compositions soudaines, émanant d'un esprit troublé et transporté par de-là les bornes naturelles, n'auront été ni fondées sur aucun principe, ni soumises à aucun frein raisonnable; elles n'auraient pu soutenir le moindre examen. Seulement sommes-nous certains que le Dithyrambe, comme tous les hymnes consacrés aux autres divinités, rappelait toujours la naissance de *Dionysus*, ses divers noms, tels que *Bromius*, d'*Eriboas*, etc., etc.; ses voyages en Afrique, en

Asie, en Europe; ses actions, ses exploits, tout ce que la mythologie lui attribuait; ses bienfaits répandus sur les personnes, sur les villes, sur les pays[1], sur le genre humain. Ovide nous fournit (1) un sommaire et presqu'un argument des véritables Dithyrambes.

Juraque dant; Bacchumq; vocant, Bromiumq; Lyæumque
Ignigenamque, satumque iterum solumque bimatrem.
Additur his Nyseus, indetonsusque Thyoneus,
Et cum Lenæo genialis consitor uvæ,
Nycteliusque, Eleleusque parens, et Iacchus, et Evan :
Et quæ præterea per Graias plurima gentes
Nomina, Liber, habes. Tibi enim inconsumta juventas.
·Tu puer æternus, tu formosissimus alto
Conspiceris cœlo, tibi, cum sine cornibus adstas,
Virgineum caput est : Oriens tibi victus, ad usque
Decolor extremo quâ, tingitur India Gange.
Penthea tu, venerande, bipenniferumque Lycurgum
Sacrilegas mactas; Thyrrhenaque mittis in æquor
Corpora. Tu bijugum pictis insignia frænis
Colla premis lyncum. Bacchæ Satyrique sequuntur :
Quique senex ferulâ titubantes ebrius artus

_____

(1) *Ovid.*, *Metam.*, lib. IV, a vers. 11 ad vers. 32.

Sustinet ; et pando non fortiter hærer asello.
Quacumque ingrederis , clamor juvenilis , et una
Fæmineæ voces, impulsaque tympana palmis
Concavaque æra sonant , longoque foramine buxus.

Mais à mesure que les orgies de *Dionysus*, changeant de nature , devinrent des fêtes moins déréglées , auxquelles des esprits raisonnables pouvaient absolument prendre quelque part, le Dithyrambe aura, de même, changé de caractère, ou, du moins, son caractère aura varié , et, vraisemblablement, l'introduction de ces changements, de ces variations , fit regarder comme inventeurs du Dithyrambe des poètes-musiciens, ou mieux, des musiciens-poètes, qui, au fond, n'avaient fait autre chose que de porter dans des compositions dithyrambiques plus d'art et moins de désordre. Définir exactement ces changements et ces variations, en marquer la date précise, classer chronologiquement les auteurs à qui l'on doit les attribuer, voilà ce qui a dû paraître fort difficile ; mais ce que je ne croirais pas impossible. Peut-être, en effet, y parviendra-t-on, si l'on commence par recueillir avec soin et sans exception ,

5..

et qu'ensuite on rapproche avec sagacité tous les fragments, tous les vers détachés cités par les auteurs anciens comme ayant appartenu à des Dithyrambes; j'entends ceux composés dans cet espace de quatre ou au moins de trois siècles, qui s'écoulèrent entre l'établissement véritable du culte de *Dionysus* en Grèce, et le temps de Pindare. L'époque où florissait ce grand poète, qui nous semble indiquer un changement très sensible dans ces sortes de poëmes, est voisine de celle où le Dithyrambe avait donné naissance à la tragédie.

Le classement chronologique dont je viens de parler n'a point été fait jusqu'ici avec toute l'exactitude nécessaire; une étude assez sérieuse, mais encore très insuffisante, m'a persuadé qu'en se livrant à des recherches approfondies on parviendrait à vérifier, à constater si le premier qui introduisit quelque changement notable dans la composition du Dithyrambe ne fut point Archiloque, qui brilla vers l'année 688 avant l'ère chrétienne. Qu'il se soit exercé dans le genre dithyrambique, lui-même nous l'apprend

(1), et p lus d'un fragment de ces poésies respire ce style (2).

Environ quarante ans plus tard, et vers 648, se placerait le fameux Terpandre (3); puis vingt ans après, en 628, on trouverait Arion, autre auteur d'innovations frappantes, et cité, pour cela même, par le père de l'histoire (4).

Peut-être verrions-nous Terpendre suivi presqu'immédiatement par Cecidès. Celui-ci mérite aussi de l'attention, car les poètes comiques en ont parlé plus d'une fois (5); et qui sait si dans certaine scène des *Nuées* on ne retrouverait pas quelque fragment considérable de l'un de ses Dithyrambes (6)?

---

(1) Conf. *Ignat. Liebel*, *Archil. Reliq.*, édit. 1812, fragm. XXXVIII, p. 121.

(2) *Ibid.* fragm. LXX et seqq., p. 183.

(3) *Marm. Arundell.*

(4) *Herodot.* lib. I., §. 23.

(5) Conf. *Cratin. in Panopt.* ap Suid. v. *Cecidius. Aristoph. in Nub.*, vers. 981.

(6) Conf. *Bergler*, ad *Aristoph.* loc. cit.

5...

Ce serait par pure conjecture que l'on rapporterait à ce même temps les inventions dues à l'aveugle Xénocrite (1); mais très certainement nous verrions entre les années 548 et 524, Lasus d'Hermione, marquer avec éclat le commencement d'une nouvelle époque dans l'histoire de la poésie dithyrambique (2). A la vérité il ne nous reste de toutes ses compositions qu'un seul vers, et même un vers insignifiant (3); mais, selon des témoignages irréfragables, Lasus fut grand poète dithyrambique. Lasus, le premier, introduisit les rhythmes dans le Dithyrambe, ce que l'on a cherché à expliquer en disant qu'il fut le premier qui fit battre la mesure. Si Lasus ne fut pas également le premier auteur des chœurs ou danses

----

(1) Conf. *Heraclit. Pontic.*, *De Reb. publ.*, édit. Kœler., 1804, fragm. XXIX, p. 18. — *Plutarch.*, *De Mus.*, Ac. des I. et B. L., vol. X, p. 124, 298, 307, 308.

(2) Conf. *Schol. Aristoph.* ad *Vesp.*, vers. 1401; et ad *Av.*, vers. 1403.

(3) *Ælian. Hist. animal.*, lib. VII, cap. 47.

en rond (ἐγκυκλίων χορῶν) qui semblent avoir, dès l'origine, accompagné le chant dithyrambique, du moins sut-il les perfectionner. Enfin, Lasus, le premier, présenta des Dithyrambes au concours, dans les jeux publics. De son temps on commença à décerner des prix aux meilleurs poëmes en ce genre. Lasus fut dans une telle estime, qu'il passe pour avoir remplacé Périandre parmi les sept sages.

Ce fut alors que le Dithyrambe donna naissance à la tragédie (1). Les fragments qui nous restent des nombreux Dithyrambes de Ménalippides l'ancien (2), de Pratinas (3) et de Phrynis (4),

---

(1) Conf. *Bentlej. resp. ad C. Boyl.*, edit. Lenner. 1777, t. II, p. 156 et seqq.

(2) Conf. *Athen.* lib. II, cap. I, p. 35, A. — *It.,* lib. X, cap. VII, p. 429, B, C. — *It.,* lib. XIV, cap. I, et cap. XVIII, p. 616, E, et p. 651, F.

(3) Conf. Athen. lib. XI, cap. II, p. 192, E. — *It.* lib. XIV, cap. V, et cap. VIII, p. 624, F, et 635, A.

(4) Conf. *Aristoph. Nub.*, vers. 967. — *Athen.* lib. XIV, cap. IX, p. 638, C. — *Schol. Aristoph.* ad loc. — Suid. v. Φρῦνις.

une fois bien entendus, donneraient une idée au style de ces poètes, qui florissaient à la même époque que Thespis, vers l'an 5oo avant l'ère chrétienne.

De ce moment, nous voyons en quelque façon se confondre les Dithyrambes et les chœurs tragiques. En même temps le caractère de l'ancienne poésie dithyrambique est presqu'effacé dans la nouvelle. Pindare nous en avertit dans un de ses Dithyrambes (1), dont la composition peut raisonnablement être rapportée environ à l'an 48o avant l'ère chrétienne; il en avait laissé un grand nombre : aucun, malheureusement, n'est parvenu jusqu'à nous; mais les fragments qui restent donnent une idée suffisante du style et de la manière du poète. Nous ne risquons pas, non plus, de nous tromper sur l'estime que les Grecs les plus instruits en firent dans les plus beaux siècles de la littérature.

C'est donc ici qu'il conviendrait de rappro-

_____

(1) Conf. *Strab.* lib. X, p. 469. — *Pind.*, *Fragm.* ex *Dithyr.*, edit. Heyn., 1798, t. IV, p. 70.

cher les uns des autres, et tous les fragments des Dithyrambes de Pindare, et la plupart des chœurs des tragiques, particulièrement ceux de plusieurs tragédies d'Æschile. Combien ne devons-nous pas regretter la perte de son *Lycurgue* (1) et de son *Penthée*, où, plus nécessairement que dans les autres drames, les chœurs devaient être du genre dithyrambique ; nous ne sommes que faiblement dédommagés de cette perte par les chœurs des *Bacchantes* d'Euripide, qui, dans cette pièce, ne s'était fait aucun scrupule d'imiter (2), sinon même de copier en partie, le *Penthée* de son prédécesseur.

A cette époque, les concours, établis dès le temps de Lasus, se soutenaient avec éclat ; aux fêtes dionysiaques, dans Athènes, les chœurs, défrayés par chaque tribu de cette grande cité, se disputaient la palme du Dithyrambe. Le prix,

---

(1) Conf. *Schol.*, *Aristoph.*, *Tesmoph,* vers. 142, et *Pac.*, v. 1147.

(2) Conf. *Schol. Euripid. in argum. Bacch.*

chez les Athéniens, était un trépied, que le vain-
queur consacrait à *Dionysus* (1); mais, en d'autres endroits, c'était ou un taureau (2), ou un
bœuf (3).

Veut-on connaître au juste quel fut le caractère de la nouvelle poésie dithyrambique? il faut
écouter un moment le plus judicieux, comme le
plus subtil des critiques grecs : je parle de Denys
d'Halicarnasse, qui écrivit quatre siècles après
Pindare. Dans son traité de l'*Arrangement des
mots*, il distingue, par rapport au style, soit oratoire, soit poétique, trois différentes espèces de
compositions, et, faute, comme il le confesse, de
pouvoir s'expliquer plus nettement, il les qualifie,
la première, d'*austère ;* la seconde, d'*élégante
et polie ;* la troisième, de *moyenne et commune.*
Ces qualifications prêtent à certaines difficultés ,
que les interprètes de Denys n'ont point, à beau-

---

(1) *Schol. Æschin.* ap. Reisk., t. III, p. 721.
(2) *Tzetz. Prolegom. in Lycophr.*
(3) *Schol. Pindar.* ad *Olymp.*, XIII, 26.

coup près, complètement résolues (1); on doit
même les compter parmi celles qui causèrent du
scandale dans la république des lettres, quand
deux écrivains du premier ordre, prodiges d'é-
rudition, ne s'accordant point sur la signification
de certains termes, dont le rhéteur grec se sert
en divers endroits de ses ouvrages (2), soutinrent
leur opinion avec une chaleur et un emporte-
ment (5) peu convenables à des hommes d'ailleurs
si dignes d'admiration. Néanmoins, sauf quelques
inexactitudes, la version française de M. l'abbé
Batteux, publiée après sa mort, peut donner une
idée assez juste de ce que Denys d'Halicarnasse
entendait par composition *austère*, et, pour
exemple de cette espèce de composition, l'auteur

---

(1) Voyez, *Sur une lettre de Denys d'Halic. à
Pompée*, etc., Ac. des I. et B. L., vol. V, Hist. ,
p. 126 et suiv.

(2) Conf. *Dionys. Halicarn. Epist. ad Cn. Pomp.*,
et *De admir. vi dicendi in Demosth.*, edit. Reisk.;
t. VI, p. 759, lin. I, p. 965, lin. 10, et p. 1074, lin. I.

(3) Voyez le *Recueil des Dissertations de Sau-
maise et du P. Pétau.*

nous analyse un Dithyrambe de Pindare, pièce qui paraît bien avoir concouru pour le prix dans Athènes. Les lecteurs aimeront vraisemblablement à trouver ici ce morceau.

« La composition *austère* (c'est M. l'abbé Bat-
» teux qui fait parler Denys d'Halicarnasse), la
» composition *austère* aime à s'appuyer sur des
» mots larges et pleins, qui, pour ainsi dire,
» frappent de loin la vue, et sont comme sépa-
» rés les uns des autres par des intervalles sen-
» sibles; que ces mots soient composés de lettres
» dures et qui s'entrechoquent, peu lui importe :
» elle imite l'architecte qui jette dans les fonda-
» tions de l'édifice les pierres brutes telles qu'elles
» sont, sans être taillées ni polies. Sa manière
» est large; elle marche à grands pas, et ne hait
» rien tant que les syllabes brèves, qu'elle n'em-
» ploie jamais qu'à regret et forcée par la néces-
» sité.—Voilà ce qu'elle veut dans les mots.

» Il en est de même des membres des pé-
» riodes; elle y emploie les rhythmes les plus forts
» et les plus marqués, ne s'embarrasse point que
» les membres soient égaux ni semblables, ni

» qu'ils se répondent symétriquement; elle veut,
» au contraire, qu'ils soient simples, libres, vi-
» goureux, tenant plus de la nature que de l'art,
» dictés par un instinct vif plutôt que par la ré-
» flexion.

» Elle se met peu en peine de compasser des
» périodes dont le sens soit bien complet; et, si
» le hasard lui en fournit de telles, elle ne veut
» point paraître y avoir pensé. Elle se gardera
» bien d'y ajouter un mot inutile au sens pour
» en arrondir le cercle, et préparer une finale
» éclatante et d'appareil qui annonce l'art et le
» soin, ou pour amener le repos juste de la respi-
» ration. Elle n'a rien de tout cela, et ne se fa-
» tigue point, pour ménager de ces sortes d'ac-
» cords symétriques ; au contraire, brusque
» dans ses chutes (*abrupta*), hardie dans ses fi-
» gures, sans liaisons apparentes, souvent sans
» articles, quelquefois sans ordre, presque sans
» fleurs, elle se montre fière, haute, dédaignant
» la parure, ou plutôt se parant d'archaïsmes et
» d'une espèce de rouille ou de vernis antique.....
» Pour ne point laisser ce que je viens de dire

6

» sans quelque preuve.... je citerai un morceau de
» l'un des Dithyrambes de Pindare.

   » *Descendez, habitants des cieux, venez ré-*
» *pandre sur nous vos bienfaits! Parcourez la*
» *ville sacrée d'Athènes, parfumée d'encens,*
» *et parée de ses plus riches ornements en votre*
» *honneur. Quittez les palais de l'Olympe, ve-*
» *nez avec la plus belle des grâces visiter le*
» *dieu couronné de lierre que je célèbre, pour*
» *la seconde fois, dans mes chants. Les mor-*
» *tels le nomment tantôt* Bromios, *et tantôt* Eri-
» boas. *Chantons le dieu né du plus grand des*
» *dieux, et la nymphe Sémélé, fille de Cadmus.*
» *La palme n'est pas étrangère au poète qui*
» *les célèbre aujourd'hui; plus d'une fois ses*
» *vers furent applaudis à Némée, lorsque les*
» *Heures ouvrent leurs palais dorés dans les*
» *cieux, et que les plantes odorantes parfument*
» *le printemps. Alors la douce violette embellit*
» *la terre et s'unit à la rose pour couronner les*
» *immortels. Que la flûte accompagne mes*
» *chants! célébrez la belle Sémélé, et les nœuds*
» *flottants de sa noire chevelure.*

» Quiconque aura quelque teinture de l'élo-
» quence, conviendra sans peine que ce style est
» grave, nerveux et *austère ;* qu'on y sent une
» certaine âpreté noble, une espèce de mordant
» qui ne déplaît pas. La marche est lourde et
» appuyée, l'harmonie est lente et comme retar-
» dée par son propre poids ; elle n'a rien de ce
» gracieux qui s'insinue ni de ces beautés qui
» brillent ; on ne voit partout qu'un certain goût
» antique et sévère. Comment et par quels moyens
» cette composition produit-elle cet effet ? car ce
» n'est point l'ouvrage du hasard. Je vais tâcher
» d'en développer l'artifice, etc., etc. »

Voilà donc quelle était, selon Denys d'Halicarnasse, la poésie dithyrambique dans le siècle
où Pindare et d'autres poètes, ses contemporains,
la cultivèrent ; et ce qui confirmerait ce jugement,
ce serait la comparaison d'un chœur de l'*Anti-
gone* de Sophocle (1) avec le fragment que l'on
vient de lire : certes, il faut convenir que le Di-

---

(1) *Antigon.,* vers. 1129-1170.

6..

thyrambe alors différait sensiblement de ce qu'il avait été dans le principe. Les caractères de l'ancien Dithyrambe avaient pu être, comme on l'a prétendu, l'usage habituel de mots singulièrement composés, l'amas des tropes et des figures, les constructions incohérentes, des inventions gigantesques, un mètre irrégulier, un mode musical tout particulier ; mais ici de pareils caractères sont ou entièrement méconnaissables, ou singulièrement affaiblis. Dans le texte grec du morceau traduit, mais décoloré par M. l'abbé Batteux, l'on trouverait bien un certain trouble de syntaxe, des sentiments très vifs, quelques termes employés en des significations nouvelles, de fréquentes métaphores, et une harmonie sonore ; mais tout y provient d'un enthousiasme vraiment poétique, non d'une fureur insensée, non d'une imagination en délire.

Ces mêmes caractères se distingueraient dans les fragments de tous ces poètes dithyrambiques postérieurs à Pindare, dont la mémoire s'est conservée, et entre lesquels on remarque une femme. Ces poètes ne laissent pas d'être nombreux, et si nous osions, d'après un premier et léger aperçu, les citer comme en ordre chronologique, nous nommerions successivement,

Ménalippides le jeune, sous l'année 460 ;

Praxilla (1), sous l'année 452 ;

Bacchylides, en 451 ;

Ion de Chios (2), en 450 ;

Crexus et Timothée, dès l'année 446 ;

Phrynis, en 441 ;

Diagoras le Mélien (3) ; en 425.

Forcés ensuite de laisser un peu dans la vague Cléomène (4) de *Rhegium*, Théodoride le syracusain, Lamproclès (5), Lycymnius, Hiéronymus, Léotrophides, nous placerions avec sûreté,

---

(1) *Schol. Aristoph.* ad *Vesp.*, vers. 1232.

(2) Conf. *Bentlej. Epist. ad Mill.*, edit. 1781, p. 496.

(3) Conf. *Schol. Aristoph.* ad *Nub.*, vers. 827 ; ad *Ran.*, vers. 323 ; ad *Av.*, vers. 1073. — *Diodore Sic.* lib. XIII, ss. 6.

(4) *Schol. Aristoph.* ad *Nub.*, vers. 332.

(5) *Id. ibid.*, vers. 964.

6...

entre les années 424 et 56o, Cinésias (1), Philoxène de Cithéra (2), Polyïde, Anaxandride (5),
et Télestès le sélinautien.

Tous ces poètes n'obtinrent pas, dans leur
siècle, des applaudissements unanimes ; plusieurs
d'entre eux furent, à diverses reprises, traduits
sur la scène et raillés par Aristophanes. Mais il
conviendrait d'examiner sans prévention quel est
l'objet de ses plus mordantes satires à leur égard;
en effet, d'autres comiques, non moins estimés
que lui, ont donné des éloges à ces mêmes poètes
dithyrambiques qu'il dénigrait avec acharnement.
Peut-être pour justifier tout ensemble et le blâme
et la louange qui leur furent prodigués, suffirait-
il d'envisager leurs productions sous des points
de vue différents. Chez tout peuple éclairé, quand
une fois les lettres et les arts sont parvenus à ce

---

(1) *Id*, ad *Ran.*, vers. 153 ; et ad *Av.*, vers. 1378.
(2) *Id. ad Plut.*, vers. 179 et 290. — *Hemster.*
ad loc.
(3) Conf. *Chamæl. Heracl.* ap. *Ath.* lib. IX, cap·
IV, p. 374, A. — *Suid.* et *Eudoc.*

degré, que l'on peut regarder comme celui de leur perfection, quelle discordance ne se trouve pas dans la manière dont, ensuite, les critiques jugent les essais et les efforts que les successeurs des grands maîtres font pour surpasser leurs devanciers, ou seulement pour les égaler sans les copier! Le dithyrambe n'ayant jamais été séparé d'un accompagnement de musique, et le poète n'ayant peut-être jamais été différent du compositeur, le Dithyrambe, toujours, et principalement à l'époque jusqu'à laquelle je viens de conduire son histoire, put être jugé sous un double rapport; les innovations dont il était susceptible, et qui ne manquèrent point de s'introduire successivement, tombant sur le genre et le goût de la musique, non moins que sur la contexture et le style du poëme, purent être regardées, d'un côté, comme altérant et corrompant l'art musical (1), tandis qu'à d'autres égards, aux yeux d'autres juges, la poésie aura semblé se per-

_____

(1) Conf. *Schol. Aristoph.* ad *Nub.*, vers 332 — *Callimach. loc. inc.*, ibid.

fectionner. Denys d'Halicarnasse ne paraît point avoir condamné absolument toutes ses innovations, lorsqu'il dit (1), sans aucune marque de de désapprobation, que « les dithyrambiques, » allant encore plus loin que les lyriques, se sont » permis de changer même les modes, et de » mêler le dorien, le phrygien, le lydien, toutes » les espèces de chant, employant tour à tour » dans la même pièce l'enharmonique, le chro- » matique, le diatonique : on s'est même donné » la liberté d'y changer les rhythmes. Je parle de » Philoxène, de Timothée, de Téleste (2). »

Une juste appréciation de ces jugements, qui, au premier aspect, paraissent si contradictoires, serait-elle donc destituée de tout intérêt, de toute utilité ? Par exemple, à bien examiner les choses, on trouverait peut-être que Cinésias fut pour- suivi sur la scène, plutôt à cause de son extérieur ridicule, et surtout de ses opinions immorales (3),

---

(1) De l'Arrang. des mots, ch. XIX.
(2) Traduct. de M. l'ab. Batteux, p. 122, 123.
(3) Conf. Lysias , De Phanii, etc. ap. Athen.

que pour le mauvais goût et le vice réel des
productions de son esprit. Les épigrammes, pour
ne pas dire les insultes qu'Aristophane prodigua
à Philoxène, sont assez connues; pourquoi n'ai-
merait-on pas à y opposer ce témoignage d'Anti-
phane (1), qu'un savant académicien nous traduit
ainsi : « Philoxène l'emporte de beaucoup sur
» tous les poètes; premièrement il sait employer
» partout des termes nouveaux et qui lui sont
» particuliers; mais, de plus, quel agrément ne
» répand-il point dans ses chants par un juste
» mélange du chromatique et des autres tons. Il
» fut un dieu parmi les hommes, tant il posséda
» véritablement l'art de la musique (2). » Et que

---

lib. XII, cap. XIII, p. 551, D. — *Plutarch. De su-
perstit.* et *de Glor. Athen.*, edit. Reisk., t. VI, p. 649,
et t. VII, p. 372. — *Ælian. Hist. var.* lib. X, cap. 6.
— *Schol. Aristoph.* ad *Nub.*, vers. 332 ; ad *Av.*,
vers. 1379 et 1403 ; ad *Ran.*, vers. 153 et 369 ; ad
Eccles., vers 330.

(1) *Antiphan. in Tetragonist.* ap. *Athen.* lib. XIV,
cap. XII, p. 643, D.

(2) *Traduction de M. Burette*, Ac. des I. et B. L.,
vol. XII, Mém., p. 206.

ce ne fussent point là des éloges ironiques, nous
en avons une sûre garantie (1). Que Polyïdès encore n'ait point été sans vrai talent, la manière
dont l'arbitre suprême du goût dans la poésie et
d'autres auteurs (2) citent l'une de ces compositions, nous l'atteste. Lorsque nous savons qu'A-
naxandride, soit orgueil démesuré, soit sentiment noble, chaque fois qu'un de ses drames
n'obtint pas la palme, dédaignant d'en conserver
la moindre portion, le livrait aux flammes, croi-
rons-nous que ses poëmes dithyrambiques (car
on lui en attribue) ayent été sans mérite ? Et
quant à Télestès, contemporain du roi de Macé-
doine, Philippe II, douterons-nous qu'il n'ait du
moins approché de la poésie

> De ce Grec vanté
> Dont l'impitoyable Alexandre,
> Au milieu de Thèbes en cendre
> Respecta la postérité ?

---

(1) Conf. *Athen.*, *loc. cit.*

(2) Conf. *Aristot. Poetic*, edit. Tyrwhitt., 1794,
§. 29 et 30, p. 55, 56, 60. *Diodor. Sic.* lib. XIV,
§. 46.

Après que le destructeur du trône des Perses,
pour dissiper le ramas de fugitifs qui s'étaient
imprudemment attachés à la fortune de quelques
satrapes, et poursuivre ensuite ses victoires, se
fut enfoncé dans la haute Asie, il manda à l'un
des compagnons de son enfance, resté dans le
midi pour y commander dans son absence, de
lui envoyer quelques-uns des livres dont la lecture habituelle, en nourrissant son esprit, charmait le plus ses loisirs; et ce compagnon, ce con-
fident intime des goûts d'un maître instruit par
Aristote, joint à l'*Iliade* et à l'*Odyssée*, tant ad-
mirées du héros, et aux drames sublimes des
trois tragiques, les *Dithyrambes* de Téleste.

Que d'observations se viendraient joindre à
celles-ci? Mais encore un coup, je ne fais qu'é-
baucher l'histoire de la poésie dithyrambique.
Qu'on me passe encore une remarque. Les Romains paraissent avoir peu goûté la poésie
dithyrambique; cela s'explique, je crois, par la
sévérité de leurs mœurs, qui ne leur permit jamais d'adopter entièrement le culte de Bac-

chus (1); leurs poètes n'ont donc jamais cultivé beaucoup ce genre de poésie. Quand on a pensé que Cicéron témoignait (2) le contraire, on était dans l'erreur (3); seulement fait-il supposer que les Romains, avant lui, avaient eu quelques poètes dithyrambiques. Mais le petit poëme de Catulle, déjà cité, une ode d'Horace (4), et un chœur dans l'*OEdipe* de Sénèque (5), sont peut-être les seuls véritables exemples de poésie dithyrambique latine. On peut croire néanmoins qu'Horace aura plus d'une fois puisé dans les Dithyrambes de Pindare : on sait qu'il les estimait (6).

Tel qu'un torrent furieux,
Qui, grossi par les orages,
Se soulève en grondant et couvre ses rivages,
Tel ce chant impérieux,

---

(1) Conf. *Cicer. De legib.*, lib. XI, cap. XV.
(2) *Cicer. De opt. gen. orator.*, cap. I.
(3) Conf. *Turneb. Adv.*, lib. I, cap. IV.
(4) *Horat. Odar.*, lib. II, od. XIX.
(5) *Senec. OEdip.*, vers 403.
(6) *Horat. Odar.*, lib. IV, od. I, vers. V.

Ivre d'enthousiasme, ivre de l'harmonie,
Des vastes profondeurs de son puissant génie
Précipite à grands flots ses vers impétueux;
    Soit que, plein d'un bouillant délire,
Et, de termes nouveaux inventeur admiré,
    Il laisse errer sur sa lyre
Le bruyant Dithyrambe à Bacchus consacré;
Soit que, soumis aux lois d'un rhythme plus sévère,
    Il chante les immortels,
Et ces enfants des dieux vainqueurs de la Chimère, etc.

Ces vers, par lesquels M. de LaHarpe (1) a tâché
de nous rendre Horace, ne manquent ni de verve
ni de beauté, quoiqu'ils laissent à désirer; mais
si nous les considérions comme une véritable traduction, si nous y cherchions le désordre tumul-
tueux et sublime des dithyrambes du poète grec
imités par le poète romain, nous nous trompe-
rions beaucoup. On pourrait comparer avec cette

_____

(1) Conf. *La Harpe, Lyc.*, ou *Cours de littérature*, .etc, t. I, p. 65. — *Id., ibid.*, t. II., p. 90, 91,
not. 1, et pag 92

7

version cette autre version (1) plus nouvelle, qui suit assez bien le mouvement d'Horace :

Oui, Jules, d'Apollon il obtient la couronne,
Soit que son Dithyrambe, au désordre livré,
En rhythmes inconnus s'élance et nous étonne
      D'un langage inspiré ;
Soit qu'il chante, etc.

On peut aussi chercher cet endroit dans une troisième traduction en vers, dont la réputation est très étendue.

Terminons. Si jamais un critique habile, approfondissant ce que j'ai tenté d'effleurer, se plaît à rassembler tous les traits dont je n'ai recueilli qu'un petit nombre, ce sera lui qui complètera et qui, surtout, rectifiera mes idées ; ce sera lui qui, après avoir comparé ensemble les divers passages où Aristote (2) parle de la disposition et de l'ob-

_____

(1) *Od. d'Horace, trad.*, etc., *par M. Vander-bourg*, t. II, 1re. part., p. 227.

(2) Conf. *Aristot. Pœtic., loc. cit.* — *Id., Rhetor.*, lib. III, edit. Oxon., 1759, cap. II, §. 2, et cap. IX,

jet des Dithyrambes, expliquera en quel sens le
philosophe a pu dire que, de son temps, le Dithyrambe était *imitatif* μιμητικος; il examinera
si, d'après quelques témoignages des anciens
nous ne devons pas croire que, peu à peu, par
un abus qui excita les réclamations des bons esprits, on en vint à composer des Dithyrambes
en prose, et que des écrivains célèbres, parmi
lesquels Platon lui-même se comptait (1), furent
taxés d'employer dans la prose le langage dithyrambique : il balancera avec sûreté le talent des
poètes de différentes époques des Dithyrambes ;
il marquera en quoi l'on pourrait les imiter, sans
outrager le bon goût ; il notera les défauts de leur
style ; car, malgré que j'aie paru défendre quel-

---

§. 2, p. 158 et 184. — *Id.*, *Problem.*, sect. XIX, §.
15, edit. Paris, 1629, t. II, p. 764, C, D.

(1) Conf. *Dionys. Halicarn.*, *De orat. antiq. in Lys.*,
§. 3, edit. Reisk., t. V, p. 455 et seqq. — *Demetr.*
Phaler., De eloc., §. 78 et 91. — *Philostr. Vit. Apol-*
lon. Tyan., lib. I, cap. XVII, et *Vit. Sophist*, lib. I,
cap. XIX, *in Nicet*, p. 21 et 511. — *Aristid. in*
Platonic. II, t. II, p. 295 et 379.

ques-uns de ces poètes, je suis assurément très-loin de vouloir les absoudre partout : ce serait là un zèle fort mal entendu. Pourrais-je d'ailleurs ignorer, ou voudrais-je dissimuler que, non pas uniquement les poètes comiques (1), dont les intentions me sont suspectes, mais des auteurs dignes de fixer notre jugement, ont rapporté beaucoup de mots ridicules ambitieusement composés, et d'autres vices de langage familiers aux poètes dithyrambiques? Il ne devait pas manquer à Athènes de ces poètes à imagination bizarre, à hyperboles sans fin , employant des mots *d'un pied et demi* (*sesquipedalia verba*), les créant même dans une langue si favorable aux mots composés. La description du Dithyrambe qu'on trouve dans l'*Anacharsis* (2), description que le goût sévère de son savant auteur lui défendait d'achever, offre un portrait qui ne peut manquer de ressembler à bien des égards,

---

(1) *Aristoph. Nub.*, loc. cit. — *Id. Pac.* vers. 835. — *Id.*, *Av*,, vers. 1383. — *Id.*, *Ran.*, vers. 153,
(2) Chap. LXXX, t. VII , p. 60 et suiv.

et nous ne saurions nous arrêter plus à propos que pour laisser parler cet élégant écrivain.

« Le Dithyrambe se reconnaît aisément aux » propriétés qui le distinguent des autres. Pour » peindre à la fois les qualités et les rapports » d'un objet, on s'y permet souvent de réunir » plusieurs mots en un seul, et il en résulte des » expressions quelquefois si volumineuses, qu'elles » fatiguent l'oreille; si bruyantes, qu'elles ébran- » lent l'imagination. Des métaphores, qui semblent » n'avoir aucun rapport entre elles, s'y succèdent » sans se suivre; l'auteur, qui ne marche que par » des saillies impétueuses, entrevoit la liaison » des pensées, et néglige de la marquer : tantôt il » s'affranchit des règles de l'art, tantôt il em- » ploie les différentes mesures de vers et les di- » verses espèces de modulations.

» Tandis qu'à la faveur de ces licences l'homme » de génie déploye à vos yeux les grandes ri- » chesses de la poésie, ses faibles imitateurs s'ef- » forcent d'en étaler le faste. Sans chaleur et sans » intérêt, obscurs pour paraître profonds, ils ré- » pandent sur des idées communes des couleurs

7...

» plus communes encore. La plupart, dès· le
» commencement de leurs pièces , cherchent à
» nous éblouir par la magnificence des images
» tirées des météores et des phénomènes célestes·
» De-là cette plaisanterie d'Aristophane (1) : il
» suppose, dans une de ses comédies, un homme
» descendu du ciel. On lui demande ce qu'il a vu :
» Deux ou trois poètes dithyrambiques , répond-
» il; ils couraient à travers les nuages et les vents
» pour y ramasser les vapeurs et les tourbillons
» dont ils devaient construire leurs prologues.
» Ailleurs, il compare les expressions de ces poètes
» à des bulles d'air qui s'évaporent en perçant
» leur enveloppe avec éclat. »

(1) *Aristoph. in Av.*, vers. 1383.

AVERTISSEMENT

SUR LE POÈME

DE LA MESSE DE MINUIT.

Ce petit poëme, qui n'a jamais paru que dans le *Mercure de France*, et qui depuis a été recueilli par l'éditeur du *Nouveau Parnasse chrétien* (*), obtint, dans le temps, plus d'indulgence et de succès que l'auteur n'avait osé en espérer. Un de nos écrivains les plus distingués en rendit compte dans le

Journal de l'empire, et cita des fragments. Voici comment il annonça ce petit ouvrage:

Extrait du Feuilleton du Journal de l'Empire, du 11 mars 1806.

« On ne saurait trop répéter que c'est dans le siècle où l'on a voulu conduire l'homme uniquement par sa raison, que l'on a débité le plus de sottises, et qu'on a imprimé pour la première fois: *On n'aime plus les vers*. On aurait pu répondre à ce singulier aveu fait par les hommes de lettres du dix-huitième siècle: « Si on n'aime pas vos » vers, c'est qu'ils sont dépourvus de poésie. » L'esprit sera toujours ami du merveilleux, » et le cœur ne cessera jamais de s'intéres- » ser au mouvement, à la peinture des pas- » sions; des discussions en vers, des des- » criptions en vers, de la philosophie en

» vers, ne sont pas de la poésie. Il faut un
» sujet qui attache, et dans lequel l'homme
» soit toujours dominant par ses désirs, ses
» malheurs, ou même par ses ridicules. On
» aime les vers du *Misanthrope*, les satires
» dé Boileau, les belles scènes de Corneille,
» les odes de J.-B. Rousseau; on aime tout
» Racine, et la gaîté de Regnard; je ne crois
» pas qu'on ait cessé d'aimer Virgile et Ho-
» race, du moins si l'on en juge par les ef-
» forts qu'on fait pour traduire leurs ou-
» vrages. Le choix d'un sujet est plus impor-
» tant encore pour le poète que pour le pro-
» sateur, et je doute que deux cents pages
» sur *la loi naturelle* fassent plus d'enthou-
» siastes en prose qu'en vers. »

« La partie dramatique est trop négligée
par nos poètes; c'est pour cela que leurs
écrits font si peu d'impression. Nous enten-
dons par la partie dramatique, l'art de mettre

des personnages en scène, de nous intéresser à eux. A part le mérite de la versification, je préfère une églogue de Virgile où
deux pâtres se disputent le prix du chant,
à un poëme entier dans lequel on généralise
le mérite des femmes, la tendresse mater-
nelle, ou l'indépendance des gens de lettres.
Dans l'églogue, je vois un sujet qui commence et qui finit; par le choix des pensées de chaque interlocuteur, je devine
ses passions, ses intérêts, ses habitudes,
et je prends parti pour celui dont les
sentiments ont quelque rapport avec les
miens; mais pour qui prendrai-je parti, à
qui m'intéresserai-je dans ces généralités,
qui commencent on ne sait pourquoi, qui
finissent uniquement parce qu'il faut que
tout ait une fin, et dans lesquelles aucun
personnage n'est mis en scène de manière
à réveiller mes souvenirs, mes craintes ou

mes espérances ? On ne veut pas lire des vers uniquement pour examiner s'ils sont droits sur leurs pieds; et sans le choix d'un sujet propre à intéresser, le plus brillant versificateur ne sera jamais un poète que dans les coteries où l'on croit que la sévérité de la critique nuit aux progrès de la littérature.

» On croira sans peine que nous recevons beaucoup de vers, et je viens de dire pourquoi nous en imprimons si peu. Si nous faisons exception pour la pièce suivante, il est facile d'en trouver les motifs dans le choix du sujet et dans la manière dramatique dont il est traité. »

Nota. Ce poëme paraît aujourd'hui avec des changements et des augmentations. On ne s'est décidé à le publier ici que pour satisfaire quelques personnes dont le souhait

est un éloge, et parce que ce poëme se lie
naturellement à ces vers si flatteurs et si touchants (puisque la mort est venu les interrompre) qu'on a cités dans les notes.

LA MESSE DE MINUIT.

C'ÉTAIT l'hiver ; du mois qui nous ouvre l'année,
Commençait dans six jours la première journée :
L'airain nous annonçait la moitié de la nuit.
Vers le temple des champs, par un pâtre conduit,
Je suivais un sentier dans la neige affaissée,
Qu'un pied religieux avait déjà pressée.
Sur le coteau voisin, de frimas surmonté,
Découvrant la pâleur de son front argenté,
La lune, des brouillards perçait le sombre voile ;
Même on voyait briller la merveilleuse étoile
Qui des rois voyageurs, surpris de sa clarté,
Jadis dans Bethléem guida la piété.
Le pâtre me contait cette divine histoire,
Amusement chéri de ma jeune mémoire.
Dépouillé d'ornemens son récit m'enchantait.

S'interrompant soudain, quelquefois il chantait
Un cantique grossier de pieuses louanges.
Ce cantique disait : « Comment le chœur des anges,
» Éblouissant les yeux des pasteurs endormis,
» Du nom d'Emmanuel charmait les cieux ravis,
» Et comment, rassuré par cette voix divine,
» Vers l'enfant de l'étable en foule on s'achemine ;
» Et les rois d'Orient, parmi tous ces bergers,
» Humiliant l'éclat de leurs fronts étrangers ;
» Et les triples présents d'or, d'encens et de myrrhe,
» Et du céleste enfant le céleste sourire. »

O champs de Bethléem ! ô lumineux réveil !
Sortez, bergers, sortez des langueurs du sommeil :
Ne craignez point : voyez ces divines lumières ;
Aux chœurs des séraphins mêlez vos voix grossières ;
En ordre merveilleux, dans les airs soutenus,
Ils forment des concerts à l'oreille inconnus.
Ah ! bergers, écoutez ces voix mélodieuses,
Retenez vos pipeaux et vos voix paresseuses,

Ecoutez, attentifs, cet hymne sans repos,
Qui jamais jusqu'ici ne charma vos échos!

La terre a tressailli. C'est par ces grands spectacles
Que s'annonce celui qu'annonçaient les oracles.
Que veulent ces clartés dans les champs du soleil,
Quand il n'a pas rougi son orient vermeil?
Le ciel s'incline-t-il vers la terre étonnée ⁽¹
Pour former avec elle un pompeux hyménée?
Est-ce le roi des rois qui paraît triomphant?
Est-ce un Dieu redouté... Non, c'est un faible enfant.
Approchez, ce n'est point la terreur qu'il inspire,
Et sur le seul amour il fonde son empire.
Et toi, peuple choisi pour garder cette loi,
Dont tes propres dédains affermissent la foi,
Ouvriras-tu les yeux? Dis-nous quelle figure
Change pour toi le jour en une nuit obscure.
Tu démens un oracle, et tu l'as confirmé;
Ton livre pour toi seul est un ivre fermé.
Antique aveuglement! espérance charnelle,

Qui te défend de voir la promesse éternelle! (2

Hérode s'est troublé: les temps sont accomplis.

Sauvez l'enfant, sauvez... Joseph, songe à ton fils;

De son règne éternel vois la marque divine: (3

Il précéda les Temps et prend ton origine.

Mystère impénétrable où se perd la raison,

Mais qu'adora toujours le cœur sensible et bon.

L'Eternel, le Dieu fort de sa grandeur accable;

Le Dieu des malheureux est l'enfant de l'étable.

Ainsi de ces pensers j'occupais mes esprits,

Et du temple déjà les rustiques lambris

Retentissaient des chants du triple sacrifice,

Où Jéhovah lui-même, en cette nuit propice,

Se dérobe trois fois à nos profanes yeux,

Et trois fois invoqué, descend trois fois des cieux.

J'avais fendu les flots de la foule empressée,

Toujours près de l'autel, et toujours repoussée,

Admirant, adorant d'un zèle curieux

La sainte nouveauté qu'on permet à ses yeux.

Aux marches d'un autel écarté, solitaire,

Que consacre Marie, et qu'une lampe éclaire,

Une femme priait. (Sa touchante douleur

Vivra-t-elle en mes vers, ainsi que dans mon cœur?)

Cinq lustres et quatre ans semblaient dire son âge,

Ses beaux yeux se baissaient sur le plus beau visage;

Ce visage annonçait, par sa douce pâleur,

Moins l'injure du temps que celle du malheur.

Le long abattement de sa mélancolie,

Ses soupirs, sa douleur pieuse et recueillie,

Ses regards quelquefois vers les cieux rappelés,

A l'aspect de l'enfant ses sanglots redoublés,

Les pleurs qui s'échappaient de sa longue paupière,

Tout à mon cœur ému disait : « C'est une mère. »

Tout me disait déjà, sans qu'on me l'eût appris :

« Cette mère a perdu les caresses d'un fils. »

Cependant on chantait les suprêmes louanges :

Alors les airs rivaux de l'hymne des Archanges

Flattèrent mon oreille; et l'instrument égal

A celui que touchaient les enfants de Jubal, (4

8..*

Augmentait, par les sons de sa belle harmonie,

L'enchantement pieux de la cérémonie.

La mère infortunée, en ce commun transport,

Célébrait la naissance, et pleurait sur la mort;

Mais n'osant de l'église interrompre la joie,

Renvoyant à son cœur les soupirs qu'il envoie,

Elle mêla sa voix au concert fortuné,

Et dit en gémissant : « Un enfant nous est né. » (5

Hélas! qu'elle aurait mieux célébré la journée

Où veuve d'un époux, et de crêpes ornée,

L'église, interrompant son culte accoutumé,

Pleure avec une mère aux pieds d'un fils aimé!

Et quand à son effort sa douleur qui succombe,

Mêle aux champs du berceau les larmes de la tombe

Qu'elle eût mieux répondu de la voix et du cœur :

« Dites, est-il douleur égale à ma douleur? » (G

Je le dois avouer, sa beauté, sa tristesse,

Apportant tout son deuil parmi tant d'allégresse,

Ce malheur à la fois profond et résigné,

D'involontaires pleurs son livre tout baigné,

De la religion l'imposant caractère

Livrant de saints combats dans le cœur d'une mère,

La majesté du dieu dont l'aurore nous luit,

Ces chants du rit sacré, cette pompe de nuit,

Tout réveillait en moi de profondes pensées

Que le siècle et sa joie avaient trop effacées.

Je ne concevais pas quel long enchantement

Captiva ma raison dans son aveuglement,

Quand mes yeux, éblouis des clartés infidelles,

Cherchaient un vain bonheur qui me trompait comme elles.

Près de l'arbre du mal, tels les premiers humains, (7

Portant sur ses beaux fruits de curieuses mains,

Goûtaient, dans les transports d'une indocile joie,

Cette divinité qui n'était pas leur proie,

Et, tristes artisans de leur funeste sort,

Abandonnaient aux vents la terreur de la mort:

Ou, tel le voyageur aux rives étrangères,

A fui le doux banquet où ses sœurs, où ses frères,

Assis à ses côtés, dans un charmant loisir,

Buvaient en souriant la coupe du plaisir.

Du prêtre en ce moment la face prosternée

Adora ; puis vers nous sa prière tournée,

Selon l'usage antique, et par un chant divin,

De l'auguste holocauste il annonça la fin.

Et l'orgue cependant, sous la main qui le presse,

Maria ses accords aux chants de l'allégresse;

Et moi, seul et pensif, près de la mère en deuil,

J'attendis pour sortir qu'elle eût franchi le seuil.

La curiosité de mon ame attendrie

Respectait, en marchant, sa longue rêverie.

Sombre et silencieux, je cherchais dans mon cœur

Par quels mots j'oserais aborder sa douleur.

La consolation est souvent importune;

Il faut apprivoiser la sauvage infortune.

Je balançai long-temps; long-temps prêt à parler,

Je respectai les pleurs que je voyais couler;

Et quelquefois, tout près de vaincre mes alarmes,

Je crus trouver des mots, quand je trouvai des larmes.

Enfin, le ciel m'offrit un innocent moyen

De lier avec elle un touchant entretien;

Enfin, elle essuya ses paupières humides,

Et levant jusqu'à moi des yeux doux et timides,

Parmi de longs soupirs et parmi des sanglots,

Laissa péniblement tomber ces tristes mots :

« Aurélie est mon nom : l'histoire d'Aurélie

» Est courte, et seulement par le malheur remplie.

» Mon époux succomba dans ces temps odieux

» Où nul impunément ne compta des aïeux ;

» Il périt convaincu du forfait sans excuse

» Dont aux yeux des tyrans son noble sang l'accuse.

» Monstres industrieux, dans leur stupidité,

» Ils proscrivaient l'honneur dans sa postérité,

» Et des héros romains nous vantant la mémoire,

» Nous punissaient d'un nom qui parait notre histoire.

» Je voulais aux bourreaux qui tranchaient ses beaux jours

» Demander un trépas qu'on accordait toujours ;

» Et j'aurais sans pâlir entendu la sentence

» Qui nous eût réunis dans la même innocence ;

» Mais dans mon triste sein un murmure secret

» Me défendit la mort où mon cœur aspirait.

» J'obéis, je vécus. Loin d'une terre impure,

» A ses malheureux fils cruellement parjure,

» Aux champs Helvétiens, près d'un lac ignoré,

» J'eus le premier souris d'un enfant adoré.

» Si jamais de l'hymen vous connaissez les charmes,

» Vous saurez ce qu'un fils peut essuyer de larmes;

» Mais vous ne saurez pas, j'ose au moins l'espérer,

» De quels horribles traits on se sent déchirer,

» Quand de ce doux objet de votre seule joie

» L'impitoyable Mort fait sa soudaine proie.

» Que sert de vous parler? mes pleurs ont achevé.

» Huit fois, depuis le jour qu'il me fut enlevé,

» Les feuilles de novembre ont parsemé sa tombe,

» Et je crois voir encor mon enfant qui succombe.

» La fièvre dans son sein se glissa par degrés,

» Je vis ses traits charmants bientôt décolorés;

» Enfin, l'horrible Mort, comblant sa barbarie,

» Sur sa faible victime épuisa sa furie,

» Et de son souffle impur, qui dévorait mon fils,

» Elle sécha la rose, et ne laissa qu'un lis.

» J'espérais dérober cette innocente tête,

» Seul gage d'un époux qu'emporta la tempête;

» Mais le ciel autrement en avait ordonné,

» Et je ne dirai plus : Un enfant nous est né. »

Elle dit, et ses pleurs achevèrent l'histoire

Qu'à jamais dans mon cœur gardera ma mémoire.

Puissé-je, la contant à la douce Pitié,

Des pleurs que j'ai versés obtenir la moitié !

Philosophes, si vains d'une vaine science,

De la religion démentez la puissance !

Epouse infortunée et mère de douleur,

Aurélie a vécu. Dans un monde meilleur

Elle voit les objets d'une double tendresse,

Et Dieu de ce roseau soutient seul la faiblesse.

Apôtres malheureux d'un néant éternel,

Rendrez-vous son cher fils à cette autre Rachel ?

Telle que, par les vents, une vigne inclinée,

Veuve de son ormeau, pleure son hyménée,

Telle l'ame abattue, en sa calamité,

N'a, pour se relever, que son éternité :
Votre philosophie et sa froide chimère
Ne sécheront jamais les larmes d'une mère.

Cependant Aurélie était loin de mes yeux ;
Je distinguais déjà mon toit silencieux ;
L'aquilon s'opposait à ma marche nocturne;
La lune avait caché sa course taciturne.
A mes côtés marchaient de jeunes laboureurs;
Un vieillard, du chemin abrégeait les longueurs (8
Tantôt il expliquait de rustiques mystères;
Quel art peut féconder les plus ingrates terres;
Tantôt il enseignait des secrets merveilleux
Qu'il tenait d'un aïeul qu'il avait vu bien vieux;
Puis il disait : « Mes fils, à la nouvelle aurore,
» Pour adorer l'Enfant nous reviendrons encore. »
Cependant l'orient chargeait son horizon
De signes inconnus à la froide saison ;
On voyait s'épaissir et monter les nuages
Qui font aux moissonneurs redouter les orages.
O prodige! soudain un éclair messager,

De la foudre d'été nous porte le danger,

Et bientôt dans les cieux cette foudre inconnue,

Eclate avec fracas et déchire la nue.

Mes compagnons, saisis d'une prompte terreur,

Courent avec des cris; mais le vieux laboureur,

Adorant des moissons l'augure favorable, (9

Promit une *neuvaine* à l'Enfant de l'étable.

NOTES

DE LA MESSE DE MINUIT.

(*) Par l'éditeur du *Nouveau Parnasse chrétien.*

C'EST un recueil de poésies religieuses que le P. Chabaud, de l'Oratoire, publia il y a plus de soixante ans. On y trouvait, à côté des pièces de nos plus grands maîtres, des ouvrages, au moins médiocres, accueillis par la complaisance du P. Chabaud, et le nom du P. Arcère y figurait trop souvent à côté de celui de Malherbe et de Racine. Le nouvel éditeur, en y introduisant en même temps *le Jour des Morts* et *la Messe de minuit*, a donné à l'auteur du dernier ouvrage lieu de penser qu'il songeait moins au faible mérite de sa poésie qu'aux bontés que l'auteur du premier lui avait prodiguées. L'auteur, adressant son poëme à M. de F..., lui

écrivait : « Ma *Messe de minuit* ne vaut pas votre
» *Messe de requiem.* »

¹) Le ciel s'incline-t-il vers la terre étonnée
   Pour former avec elle un pompeux hyménée ?

The stars with deep amaze
Stand fix'd in stedfast gaze
Bending one way their precious influence, etc.
(MILTON, *cant.*, *st. VI.*)

She knew such harmony alone
Could hold all Heav'n and Earth in happier union.
(MILTON, *cant.*, *st. X.*)

EURIPIDES, *Athenæi*, XIII, p. 599 - 600. (Fragm.
OEdipi, XVII.)

Ἐρᾷ μὲν ὄμβρου γαῖ, ὅταν ξηρὸν πρδον,
Ακαρπον αὐχμῷ, νοτίδος ἐνδεῶς ἔχη.
Ἐρᾷ δ᾽ὁ σεμνὸς οὐρανὸς ὥληρούμενος
Ὄμβρου, πεςεῖν ἐς γαῖαν ἀφροδίτης ὕπο.

ÆSCHYLUS, *Frag. Danaïdum.*

Ἐροῇ γὲν ἀγνὸς οὐρονός τρῶςαι χθόνα.
Ἔρως δὲ γαῖαν γαμβάνει γόμου τυχεῖν.
Ὄμβρος δἀπ᾽ εὐνάεντος οὐρανοῦ πεςὼν
Ἔδυςε γαῖαν.

²) Qui te défend de voir la promesse éternelle ?

L'état où l'on voit les Juifs, dit Blaise Pascal, est
encore une grande preuve de la religion; car c'est
une chose étonnante de voir ce peuple subsister depuis tant d'années, et de le voir toujours misérable.

. . . .

et quoiqu'il soit contraire d'être misérable et de subsister, il subsiste néanmoins toujours, malgré sa mi-
sère. Mais n'ont-ils pas été presqu'au même état au
temps de la captivité? Non; le sceptre ne fut point
interrompu par la captivité de Babylone, à cause
que le retour était promis et prédit. Quand Nabu-
chodonosor emmena le peuple, de peur qu'on ne
crût que le sceptre fût ôté de Juda, il leur fut dit
auparavant qu'ils y seraient peu, et qu'ils seraient
rétablis : ils furent toujours consolés par les prophètes, et leurs rois continuèrent; mais la seconde
destruction est sans promesse de rétablissement,
sans prophètes, sans rois, sans consolation, sans
espérance, parce que le sceptre est ôté pour jamais.

. . . .

Si les Juifs eussent été tous convertis par J.-C., nous
n'aurions plus que des témoins suspects; et s'ils

avaient été exterminés, nous n'en aurions point du tout.

. Les Juifs le refusent, non pas tous; les saints le reçoivent, et non les charnels; et tant s'en faut que cela soit contre sa gloire, que c'est le dernier trait qui l'achève. La raison qu'ils en ont, et la seule qui se trouve dans tous leurs écrits, dans le *Talmud* et dans les *Rabbins*, n'est que parce que J.-C. n'a pas dompté les nations en main armée. « J.-C. a été tué, disent-ils, il a succombé; il n'a pas » dompté les païens par sa force, il ne nous a pas » donné leurs dépouilles, il ne donne point de » richesses. » N'ont-ils que cela à dire? C'est en cela qu'il m'est aimable; je ne voudrais point celui qu'ils se figurent.

3) De son règne éternel vois la marque divine.

Et factus est principatus super humerum ejus.

4) A celui que touchaient les enfants de Jubal.

Jubal, fils de Lamech et d'Ada, inventa les instruments de musique, selon l'Écriture.

9...

5) Et dit, en gémissant: « Un enfant nous est né. »
Parvulus natus est nobis.

6) Dites, est-il douleur égale à ma douleur?
Et videte si est dolor sicut dolor meus.

7) Près de l'arbre du mal, tels les premiers humains ,
  Portant sur ses beaux fruits de curieuses mains ,
  Goûtaient, dans les transports d'une indocile joie
  Cette divinité qui n'était pas leur proie ;
  Et , tristes artisans de leur funeste sort ,
  Abandonnaient aux vents la terreur de la mort.

Ces six vers sont presque traduits de Milton.

8) Un vieillard, du chemin abrégeait les longueurs.

Varioque viam sermone levabant.
  VIRG., *Buc.*

9) Adorant des moissons l'augure favorable.

C'est une opinion généralement répandue dans les
campagnes , et par conséquent fondée sur l'observa-
tion, que les orages d'hiver sont de bon augure pour
la moisson.

RÉPONSE

Aux vers que M. DELILLE avait adressés à l'auteur, sur le Poéme de la Messe de minuit.

Vous avez plus d'un temple à Phébus consacré,
　　Et moi je n'ai qu'une chapelle :
Par les rayons du Dieu vous êtes éclairé ;
Je n'ai vu qu'une étoile, encore me fuit-elle.
Toutefois de mes vers vous relevez le prix ;
Si l'éloge est un piége où donne maint poète,
Il est bien mal aisé de n'y pas être pris
　　Quand c'est Delille qui l'apprête.
Puis, donner de l'encens, pour vous ce n'est qu'un jeu :
Car enfin, sur ce point je ne saurais vous taire
　　Ce que j'ai dit en plus d'un lieu.
Quand on en reçoit tant, on ne sait plus qu'en faire ;
C'est bienfaisance alors que d'en donner un peu.
Irai-je me parer de cette modestie,
Qui n'est que le détour d'un poète orgueilleux ?

Qui se vante tout bas, puis tout haut s'humilie,
Et d'être pris au mot risquant l'ignominie,
Parle assez mal de lui, pour qu'on en parle mieux.
Non; je hais ce travers en prose comme en rime.
De votre doux encens j'accepte la moitié,
Et sans croire, en effet, mon poëme sublime,
Je ferai de l'éloge une part à l'estime,
Et la meilleure part sera pour l'amitié.

VERS

Adressés à M. de Coriolis par M. Delille.

Les virtuoses du Parnasse
A plus d'un titre ont un mauvais renom :
　　Plus d'un écrivain meurt sans race :
　　Plus d'un poëme est avorton.
Vous ne redoutez pas cette mésaventure ;
　　Vos vers sont beaux, vos enfants sont jolis,
Et vive, dira-t-on, dans la race future,
　　Les œuvres de Coriolis.

VERS

Impromptu *adressés à M.* DELILLE.

Ce n'est point des Jardins le chantre harmonieux,
Ce n'est point le rival des Miltons, des Virgiles,
Que je vante en ces vers, qu'un autre ferait mieux,
Et qu'un peu plus de temps eût rendus plus faciles.
C'est le convive aimable et brillant de gaîté,
Qui semble embarrassé de sa célébrité ;
C'est cet esprit léger qui s'échappe en saillie,
Qui captive toujours et jamais n'humilie ;
  Dont la douce simplicité,
Naturelle en sa bouche, ainsi que l'harmonie,
Forcerait l'envieux de sa gloire irrité,
  A lui pardonner son génie.
Laissons donc là ses droits à l'immortalité.
  Oui, Delille ! aux lieux où vous êtes,
Le plus charmant convive et le plus souhaité,
Fait toujours oublier le plus grand des poètes.

RÉPONSE

De M. DELILLE *à une lettre de M.*
D'ESTAMPES, *le 22 février* 1808.

LE ciel a donc pour vous exaucé tous mes vœux !
Vous faites mon bonheur en vous disant heureux !
      Sagement gai, jeunement sage,
Loin de la grande ville, infernal paradis,
Où viennent se damner nos jeunes étourdis,
Loin de l'urne, où du sort l'éternel balotage
    Tire au hasard tant de différents lots,
Les malheurs du génie et les succès des sots,
Possesseur fortuné d'un riant paysage,
      Entre l'étude et le loisir,
      Moitié travail, moitié plaisir,
Vous savez de la vie assurer le voyage.
Pour vous tout gîte est bon, tout ciel est sans nuage.
D'utiles passe-temps, d'agréables labeurs,
Des contes et des vers, vos enfants et vos fleurs ;
      Un espalier où la culture
      Aide à corriger la nature ;

Dans la maison point de mic-mac;
Le paisible échiquier, et le bruyant trictrac,
Et l'ivoire arrondi qui va chercher la blouse;
De la gaîté sans bruit, de l'esprit sans efforts,
A table autour de vous des esprits assez forts
    Pour être treize, au lieu de douze;
Un cercle peu nombreux, moins brillant qu'amical;
Quelques gouttes d'aï dans le tonneau du mal;
    Bons amis et bon voisinage;
La foire du canton, la fête du village;
    Quelques perdreaux tirés au vol;
    Bien sans procès, Normands sans dol;
    Des ouvriers qui vous conçoivent;
    Des fermiers payant ce qu'ils doivent;
Le bon curé, passant en bonheur tous prélats,
    Qui, dans sa charité féconde,
Après avoir en chaire exercé sa faconde,
    Béni l'hymen, la vie et le trépas,
    Chez les pauvres finit sa ronde,
    Sait en venant de l'autre monde
Causer tout bonnement des choses d'ici-bas;
    De temps en temps un bal, où les musettes
Font sauter en cadence et garçons et fillettes;
    Le journal et le bulletin,

Avec le chocolat servis chaque matin ;
La lecture du soir, la douce causerie,
Beaucoup de promenade, un peu de rêverie,
    Quelques écrits intéressants,
    Quelques billets à des amis absents,
Les beaux arts à Paris, aux champs le jardinage,
    Parfois un joyeux badinage,
Vous, sauvent de l'ennui, triste enfant du dégoût :
    Bénissez donc votre partage ;
L'homme heureux est celui qui sait l'être partout.

NÉCROLOGIE.

T ROP souvent les hommages rendus aux morts, dans les journaux, fruit de la complaisance ou des affections particulières, n'ont qu'un intérêt pour ainsi dire individuel, et tout-à-fait étranger à la grande majorité des lecteurs; mais on est sûr de les intéresser tous en les entretenant de la perte qu'ils viennent tous de faire dans la personne de M. Delille: on est sûr de remplir un devoir imposé par les regrets publics, en parlant de ses regrets particuliers, et de ne trouver personne qui y soit insensible. Les Muses françaises pleurent celui qui, pendant un demi-siècle, fut leur plus digne interprète; l'Académie française, privée de

son plus bel ornement, déplore la perte la plus
sensible et la plus irréparable qu'elle pût faire; la
société entière voit avec peine disparaître de son
sein celui que son âge et ses infirmités avaient, il
est vrai, depuis plusieurs années, éloigné des
grandes réunions et du grand monde, mais qui y
avait laissé les plus aimables souvenirs, et y parut long-temps le modèle le plus accompli de ces
grâces légères de l'esprit, de cette gaîté charmante,
de cette conversation vive et étincelante, le plus
doux attrait et le plus agréable lien des hommes
réunis, et qui portait encore les mêmes qualités
avec la même supériorité dans le petit cercle d'a-
mis empressés autour de lui jusqu'à ses derniers
moments. Mais le génie qui enrichit la littérature
française de tant de beaux ouvrages, le talent qui
inspira de si beaux vers, l'esprit qui brilla d'un
si vif éclat, ne sont pas les seuls éléments de l'é-
loge de M. Delille, il faudrait peindre encore et
les douces qualités de son ame, et les nobles traits
de son caractère. Ce n'est pas tout encore; il faudrait parler de ce dont on éloigne avec tant de
soin et l'idée et jusqu'au nom même dans tout élo-

ge, il faudrait, dis-je, parler de ses défauts; ils étaient si aimables!

Je ne raconterai point la vie de M. Delille. Cette vie ne fut pendant long-temps, après les premières et courtes épreuves d'une jeunesse sans fortune et sans appui, qu'une suite de triomphes, de plaisirs, et de toutes les jouissances que peuvent procurer l'amour-propre comblé d'hommages, la célébrité la plus flatteuse, et cette vogue extraordinaire qui quelquefois n'est qu'un caprice de la mode, et est alors passagère comme elle, mais qui est la conquête et une des récompenses du mérite, lorsqu'elle est durable, constante, universelle. Telle est celle dont a joui M. Delille : les personnages de l'État les plus distingués par leur naissance, leur rang et leurs dignités; les hommes les plus célèbres par leurs talents et leur génie; les femmes les plus aimables et les plus spirituelles; les étrangers les plus illustres, tous s'empressaient de le voir, de le fêter, de l'applaudir. On tâchait de l'attirer chez soi, de l'entraîner à la campagne, d'en faire le compagnon de ses voyages : il faut l'avouer, le génie

seul n'est pas l'objet de tant d'empressement ;
d'ailleurs, des nombreux ouvrages écrits sous son
inspiration par M. Delille, un seul était encore
publié, la traduction des *Géorgiques*; et, quoique cette traduction pût seule suffire à la gloire
et à l'immortalité d'un poète, le rare talent qu'y
admirent les amis des lettres n'était pas de nature
à exciter l'enthousiasme des gens du monde ; ce
fut donc l'esprit de l'homme aimable qui fit valoir
auprès d'eux les beaux vers du poète. Cet esprit,
toujours brillant, toujours heureusement disposé,
toujours prêt, qui ne souffrait ni intervalles ni
éclipses, éblouit les contemporains, enleva tous
les suffrages; les Mémoires du temps, même les
moins bienveillants, l'attestent; les correspon-
dances même les plus médisantes en conviennent,
et madame du Deffant elle-même admire l'esprit
de M. Delille, en fait l'éloge sans restriction; tous
ces témoignages flatteurs sont assez connus; mais
en voici un qui l'est moins, et dont je ne rap-
porterai que quelques traits, non qu'ils ne soient
tous dans leur ensemble à l'avantage de celui
qu'ils peignent, mais quelques-uns ont une légè-

10..

reté, une gaîté qui s'accorderaient ma avec les sentiments que j'éprouve, et qu'inspire la perte récente de M. Delille. Ce portrait est d'une dame, madame du Molé, et je le trouve dans le premier des nouveaux volumes de la *Correspondance de Grimm*, qu'on vient de publier :

« Je vais peindre un grand homme, et un
» homme que j'aime : l'entreprise pourrait paraî-
» tre téméraire ou suspecte ; mais les caractères
» du génie s'offrent assez sensiblement en lui pour
» suppléer au talent, et rassurer contre les illu-
» sions de l'amitié. Rien ne peut se comparer ni à
» son feu, ni à sa gaîté, ni à ses saillies..... Ses
» ouvrages même n'ont ni le caractère ni la phy-
» sionomie de sa conversation. Quand on le lit,
» on le croit livré aux choses les plus sérieuses ;
» en le voyant, on jugerait qu'il n'a jamais pu y
» penser..... Ses idées se succèdent en foule, et il
» les communique toutes : il n'a ni jargon, ni re-
» cherches; sa conversation est un heureux mé-
» lange de beautés ou de négligences, un aima-
» ble désordre qui charme toujours et étonne
» quelquefois..... Son ame a quinze ans, aussi

» est-elle facile à connaître; elle est caressante,
» elle a vingt mouvements à la fois , et cependant
» elle n'est pas inquiète; elle ne se perd jamais
» dans l'avenir, et a encore moins besoin du
» passé. Sensible à l'excès , sensible à tous les
» instants, il peut être attaqué de toutes les ma-
» nières..... Il se livre volontiers à un seul objet ;
» il ne s'ennuie jamais ; il n'a besoin ni d'un
» grand monde, ni d'un grand théâtre ; et par-
» fois il oublie ce que la postérité lui promet ; bien
» vraiment *il se laisse être heureux*..... Si sa con-
» duite n'est pas sagement combinée, elle est
» pure, et s'il n'a pas de grands traits de carac-
» tère, il y supplée par des manières piquantes ,
» la simplicité, les grâces, une gaîté si vraie, si
» jeune, si naïve, et pourtant si ingénieuse, qu'elle
» le fait sans cesse entourer comme une jolie fem-
» me ; enfin , par un charme inexprimable que
» vous inspire tout à la fois les mouvements de
» curiosité et d'inclination , qui ne sont ordinai-
» rement sentis que pour un charmant enfant....
» C'est le poète de Platon ; un être sacré , léger et
» volage. »

Je ne sais si je me trompe; mais quelqu'admirateur que je sois du talent flexible, varié et fécond de M. Delille, je m'étonne peut-être plus encore des ressources inépuisables de sa conversation, et j'oserai dire qu'il a été plus heureusement doué encore comme homme d'esprit que comme grand poète. Il me paraît avoir été unique et sans rival dans l'art d'assaisonner une conversation de tout ce qui en fait le charme, de la varier à l'infini, de l'animer par les saillies les plus heureuses, les propos les plus légers, les réparties les plus vives et les plus inattendues, par des compliments sans fadeur, des railleries sans amertume, des anecdotes contées avec une grâce particulière, et de la rendre souvent intéressante et instructive par des idées justes et sérieuses, par des traits lumineux et profonds. Voltaire a dû être sans doute, dans une foule d'occasions, le plus brillant des hommes; mais Voltaire était journalier, avait de l'humeur, ne voulait plaire qu'aux personnes de qui il attendait de la faveur, de la protection, de la renommée, ou du moins quelque avantage, quelque agrément extérieur;

souvent il brusquait, il insultait même les autres;
il appelait à son secours les ressources de la ma-
lignité, l'épigramme, le sarcasme : M. Delille, au
contraire, se les interdisait toujours ; les personnes dont il avait le plus à se plaindre auraient pu
toujours l'entendre sans être offensées ; et c'est une
chose remarquable que cet esprit si vif, si rapide,
si habile à saisir tous les rapprochements, et qui
certainement eût saisi les ridicules, si son ame
douce ne s'y fût opposée, n'ait laissé le souvenir
d'aucune épigramme offensante, ni aucun trait de
satire dans tant d'ouvrages si souvent accueillis
par d'amères et injustes critiques. Enfin, ce n'é-
tait point comme Voltaire, dans de certaines occasions et avec un choix de personnes, qu'il était
aimable et séduisant; c'était toujours, c'était avec
tout le monde. Le philosophe de Ferney jugeait
fièrement que le plus grand nombre des hommes
étaient indignes de sa brillante conversation : M.
Delille semblait toujours croire qu'on lui faisait
trop d'honneur de l'écouter ; l'homme d'esprit,
celui qui en était dépourvu, la femme aimable,

jolie, spirituelle, celle qui était privée de tous ces avantages, un jeune écolier, un enfant, il voulait plaire à tous, il réussissait à plaire à tous : aimable coquetterie, qui ne négligeait aucun suffrage ; admirable empire d'un esprit toujours éveillé, toujours actif, qui n'en manqua jamais un !

Dans le portrait que j'ai cité plus haut, nous avons vu que l'aimable peintre semblait refuser à M. Delille la *force du caractère*. C'était juger un peu légèrement ; il est des vertus qui ne se développent que dans des circonstances données, et propres à les faire éclore. Comment, dans des temps prospères, au milieu des jouissances et des plaisirs, partagés entre les agréments de la société et les charmes de la poésie, s'abandonnant tour à tour aux inspirations de son talent et aux séductions d'un monde choisi, et toujours heureux de le posséder, M. Delille aurait-il déployé une grande force de caractère ? C'est ordinairement dans le malheur que se font connaître les plus belles qualités de l'ame ; et bientôt ceux de la patrie donnèrent occasion à M. Delille de faire éclater la noblesse de la sienne. Tout le monde connaît sa *courageuse déférence* aux ordres du procureur de la commune, qui lui demandait des vers sur *l'immortalité de l'âme ;* c'est une rare et belle circonstance dans la vie d'un homme, que celle qui produit à la fois, et une action généreuse et des vers sublimes ! Cependant, les malheurs publics forcèrent enfin M. Delille à fuir sa patrie. Sa célébrité et sa gloire l'avaient précédé dans tous les lieux où le conduisit cette sorte d'exil et de proscription : son amabilité, sa gaîté, l'accompagnèrent partout, furent goûtées, applaudies par les peuples de l'Allemagne, de la Suisse et des autres contrées de l'Europe, comme par les Français ; à Bâle, à Hambourg, à Londres, comme à Paris. Toutefois, d'heureux loisirs se mêlèrent aux distractions qu'il rencontrait partout ; et ce fut alors qu'il acheva tant de beaux ouvrages qu'il n'avait fait qu'ébaucher au milieu de la vie tumultueuse de Paris, qu'il en entreprit de nouveaux encore : alors fut terminée la traduction de *l'Énéide*, que tous les amis des lettres attendaient impatiemment de l'immortel traducteur des *Géorgiques*. Les riches et brillants tableaux que son imagination vive et féconde avait enfantés en chantant cette faculté dominante de son esprit, s'agrandirent encore et se perfectionnèrent à la vue des beautés de la nature, que la Suisse et d'autres contrées lui offrirent dans ses voyages : il conçut et exécuta le dessein de considérer tant de merveilles sous un autre aspect, et de les peindre avec des couleurs nouvelles dans son poëme des *Trois Règnes*, ouvrage où, parmi quelques détails arides et secs, se trouvent un assez grand nombre des plus beaux vers qu'il ait faits. Le malheur lui dicta des chants nobles et touchants ; la patrie de Milton lui inspira le dessein de faire passer dans notre langue les beautés mâles et sublimes du chantre d'Eden et de la chute du premier homme ; traduction immortelle, exécutée avec une prodigieuse rapidité et un talent prodigieux, et écrite, à cet âge où trop souvent les plus beaux génies se refroidissent et s'éteignent, avec une vigueur, un feu, une verve, qui l'animent dans toute son étendue, et en font une des plus étonnantes productions de son auteur, et un des plus beaux ouvrages de notre langue.

Chargé de ces riches dépouilles, M. Delille revint en France dans des jours plus calmes et plus heureux, et y publia successivement ses divers ouvrages; ils furent accueillis par des applaudissements universels, troublés cependant par quelques critiques souvent dures et amères, dictées quelquefois par l'animosité et l'esprit de parti, quelquefois aussi par un goût peut-être trop pur et trop sévère, qui ne veut pas pardonner quelques défauts réels en faveur des beautés qui les rachètent. Dans le plus beau siècle des Muses françaises, Boileau et Racine eux-mêmes eussent admiré cette étonnante fécondité, qui est un très beau titre à la gloire, lorsque presque toujours elle est heureuse ; ce coloris brillant, ces nouveaux tours, ces formes poétiques si variées, cette coupe de vers si savante, cet art de donner de l'agrément aux matières les plus sèches et les plus abstraites, de la dignité aux objets les moins relevés, de la noblesse aux expressions les plus communes ; ce talent, enfin, qui, maîtrisant tout ce qui paraissait le plus rebelle à la poésie, étend de plus en plus ses conquêtes et agrandit infiniment son domaine. La nature a accordé à la France, pendant deux siècles de gloire dans les lettres, sept à huit grands poètes : M. Delille en est un, et sera nommé par la postérité la plus reculée, avec Corneille, Racine, La Fontaine, Molière, Boileau, Rousseau, Voltaire.

Il fut extrêmement sensible à ces critiques. J'ai promis de ne pas dissimuler ses défauts ; mais avec quelle grâce et quelle douceur il parlait de ceux qui les avait faites ! J'aurais voulu qu'ils l'eussent entendu, ils n'auraient plus eu le courage d'affliger un homme si aimable ; lui, de son côté, leur aurait facilement pardonné, et les aurait dans le moment même aimés autant que ses plus anciens, ses plus fidèles amis ; il eût avoué souvent que leurs critiques étaient justes. Quelquefois cependant il prenait assez vivement en main le droit de l'ouvrage offensé ; on le voyait

même avoir pour ses œuvres des prédilections injustes, et préférer celles que le public ne jugeait
pas les meilleures. Mais quel charme il mettait
dans les discussions qui s'ouvraient à ce sujet !
Comme il permettait non seulement les contra-
dictions, mais même les épigrammes contre les
objets de sa préférence ! Comme il en riait de bon
cœur et de bonne grâce, pour peu qu'elles fussent
bonnes ! C'est dans ces entretiens littéraires et
dans des conversations qu'il savait varier à l'infini
que se passaient doucement ses dernières années,
au milieu d'un petit cercle d'amis que le souvenir
de son amitié honorera toujours, et des soins touchants de trois sœurs qui mettaient toute leur
gloire et leur existence dans son bonheur. Hélas !
ces tendres soins, qui sans doute ont prolongé
ses jours, ne pouvaient le dérober à la loi commune ; il survivait à quatre attaques d'apoplexie,
qui avaient peu à peu détruit son organisation phy-
sique, en respectant toutefois ses facultés mora-
les : toujours, et jusqu'au dernier moment, on a
pu admirer en lui les grâces et les charmes de son

esprit, la noblesse et le désintéressement de son ame. Enfin, une cinquième attaque le conduisit au tombeau par une mort calme et sans souffrance, et le 1er. mai vit disparaître l'homme le plus spirituel, le plus grand poète, et un des caractères les plus honorables du siècle.   A.

NOTICE HISTORIQUE

SUR JACQUES DELILLE.

AIGUE-PERSE, patrie de Jacques Delille, avait déjà donné naissance à l'illustre chancelier de L'hôpital. Cette petite ville est située dans la Limagne, une des plus belles contrées de la France; les champs de la Limagne ont été souvent célébrés par Jacques Delille, et rappelleront à la postérité le souvenir si poétique

Des prés délicieux de la chère Mantoue.

Jacques Delille, né en 1738, vint de bonne à Paris, où il fit ses études au collége de Lisieux. C'est là qu'il connut son modèle, qu'il étudia Virgile. Cette étude fixa ses goûts et détermina le genre de son talent. Au sortir du collége de Lisieux, M. Delille alla occuper une des chaires du nouveau collège d'Amiens, n'ayant pas lui-même fini ses études, dans lesquelles il avait eu des succès que personne n'avait eus avant lui, et qui

11...

présageaient ceux qu'il devait obtenir dans la carrière littéraire.

Ce fut dans la patrie de Gresset qu'il commença la traduction des *Géorgiques*, entreprise qui présentait tant de difficultés, et qu'il acheva avec tant de gloire. De retour à Paris, il obtint une chaire de professeur au collége de la Marche, fut souvent nommé par l'université pour haranguer le parlement et les autres corps de la magistrature dans les solennités académiques. Il se fit d'abord connaître par quelques odes, et surtout par une épître à M. *Laurent*. Dans cette épître, il a décrit d'une manière élégante et poétique les procédés des arts; on pouvait déjà entrevoir le talent de rendre en vers les détails les plus difficiles à exprimer dans une langue accusée long-temps d'être à la fois pauvre et dédaigneuse. Il concourut une fois pour le prix de poésie à l'académie française : le sujet qu'il traita était la *Bienfaisance*. M. Thomas, son compatriote et son maître, remporta le prix ; mais on distingua dans l'ode du jeune auteur plusieurs strophes qui excitèrent, à la lecture publique qu'on en fit à l'académie, les plus grands applaudissements.

Enfin, encouragé par les suffrages du fils du grand Racine, il publia la traduction des *Géorgiques*, qu'il avait achevée, et les Français apprirent avec autant de surprise que d'admiration que leur langue était capable de rendre toutes les beautés des anciens et les procédés de l'agriculture, auxquels notre poésie paraissait alors se refuser. Cette traduction n'est pas seulement un ouvrage prodigieux par la quantité d'obstacles vaincus et de préjugés domtés, mais encore, de tous les poëmes qu'on a publiés depuis plus d'un siècle, c'est évidemment celui qui a créé dans la poésie française les richesses les plus nouvelles et les plus inconnues. Voltaire en fut si frappé, que, sans avoir aucun rapport avec M. Delille, ne connaissant ni ses amis, ni ses principes, ni ses projets, il écrivit à l'académie française pour l'engager à recevoir dans le sanctuaire des lettres un homme dont le talent avait agrandi la littérature, le champ de la poésie et la gloire de la nation.

L'envie, doublement irritée par un bel ouvrage et par un beau procédé, voulut au moins trouver à M. Delille des modèles et des rivaux. Elle exhuma la traduction des *Géorgiques* de Segrais, et celle de Le Franc de Pompignan; elle se souvint des essais du jeune Malfilâtre; elle rappela même l'épisode d'Aristée, traduit par Lebrun. M. Delille ne répondit point à ses détracteurs; il profita de leurs observations quand il les trouva justes, convint de ses fautes avec beaucoup de franchise, et se fit pardonner ses beaux vers.

En 1772, il fut nommé, avec M. Suard, à l'académie française; mais cette nomination n'eut point de suite. Le roi, sur la représentation que lui fit le maréchal de Richelieu, que M. Delille était trop jeune, et que Voltaire lui-même n'avait été admis dans ce corps qu'à l'âge de cinquante-cinq ans, ordonna que l'académie fît une nouvelle élection. Deux ans après, M. Delille fut de nouveau élu l'un des quarante, et le roi confirma sa nomination avec des témoignages d'estime qui réparèrent ce que son refus avait eu de désobligeant.

Peu d'années après sa réception à l'académie,
Jacques Delille acheva son poëme des *Jardins*.
L'envie fût réveillée une seconde fois : on publia
des volumes de critiques ; mais les critiques ont
été oubliées, et le poëme des *Jardins* a été traduit dans toutes les langues. Un homme d'esprit,
en envoyant à M. Delille une brochure dans laquelle son poëme était peu ménagé, lui écrivit :
« Il faut avouer que vos ennemis sont bien peu
» diligents ; ils en sont seulement à leur septième
» critique, et vous en êtes à votre onzième édi-
» tion. »

Jacques Delille ne répondit pas plus aux critiques des *Jardins* qu'à celles qu'on avait faites
de la traduction des *Géorgiques* : la douceur de
son caractère, le modeste aveu de ses fautes, et
son silence, devaient à la fin désarmer ses rivaux ou ceux qui croyaient l'être.

Ami de M. de Choiseul, M. Delille le suivit à
Constantinople ; il était trop près du beau climat
de la Grèce pour ne pas visiter des lieux si chers
aux Muses. Il s'embarqua sur un bâtiment qui re-
lâcha au rivage d'Athènes. Enivré de la vue des

monuments antiques qu'il parcourait dans la patrie de Sophocle et d'Euripide, il écrivit alors à
une dame de Paris une lettre qui eut'un grand
succès, et qui est pleine de l'enthousiasme avec
lequel il avait vu les ruines de cette ville fameuse.
Jacques Delille, en quittant la ville d'Athènes,
arriva à Constantinople, où il passa l'hiver et
presque tout l'été à la charmante maison de Ta-
rapia, vis-à-vis l'embouchure de la mer Noire,
où il avait sous les yeux le magnifique spectacle
des innombrables vaisseaux qui entrent de la mer
Noire dans le Bosphore, et du Bosphore dans la
mer Noire; cette foule de barques légères, do-
rées et sculptées, qui se croisent sans cesse sur
ce bras de mer, et lui donnent un air si animé;
et, sur l'autre bord, les superbes prairies d'Asie,
ombragées de beaux arbres, traversées par de
belles rivières et ornées d'un nombre infini de
kiosques. C'est dans ces belles prairies qu'il pas-
sait toutes ses matinées, travaillant à son poëme
de l'*Imagination*, au milieu des scènes les plus
propres à l'inspirer. Il trouvait un plaisir extrême
à déjeûner tous les jours en Asie, et à revenir

dîner en Europe. On a reconnu dans son poëme les impressions qu'il reçut de ces superbes paysages.

Jacques Delille, revenu dans sa patrie, reprit toujours avec le même succès ses fonctions de professeur de belles-lettres dans l'université, et de poésie au collège de France. Cette dernière place avait été créée pour lui. Un auditoire très nombreux venait l'entendre expliquer Juvénal, Horace, et surtout son cher Virgile. La manière dont il lisait les vers faisait dire à ceux qui venaient l'entendre, que ces poètes étaient expliqués lorsqu'il les avait lus. Il lisait souvent ses propres vers après avoir lu ceux de Virgile, et ses élèves avaient à la fois deux modèles. Les vers avaient dans sa bouche un charme inexprimable : c'est pour lui qu'on avait trouvé le mot de *dupeur d'oreilles* ; mais la manière dont le public a accueilli ses poëmes imprimés prouve bien qu'il n'avait pas besoin de la séduction du débit pour assurer leur succès. Le jour où le poëme des *Jardins* parut, M. le comte de Schomberg, qui avait trouvé les vers encore plus agréables à la lecture qu'il en fit lui - même, lui dit, d'une manière également délicate et flatteuse : « Je vous » avais bien toujours dit que vous ne saviez pas » lire vos vers. »

Jacques Delille, en 1794, s'éloigna de Paris, où il ne lui restait plus ni asyle ni appui. Il se retira à St-Diez, en Lorraine, patrie de Mme. Delille, où il acheva, au sein d'une solitude profonde et à l'abri de toute distraction, sa traduction de l'*Énéide*, qu'il avait commencée depuis trente ans. Quelques critiques n'ont pas assez rendu de justice à cet ouvrage, qui rappelle souvent les beautés de son modèle, et dans lequel le poète avait peut - être plus de difficultés à vaincre que dans la traduction des *Géorgiques*. Jacques Delille n'a répondu à ses censeurs qu'en corrigeant son ouvrage, et, trois jours avant sa mort, il avait encore auprès de lui le chantre d'Énée, qui fut le compagnon de sa vie et qui lui a donné son nom.

Jacques Delille, voyant le peu de tranquillité qui régnait en France, et les révolutions qui s'y succédaient avec une rapidité incroyable, se réfugia à Bâle, où il passa un an dans une solitude laborieuse. En 1796, il passa de Bâle à Glairesse, village charmant de la Suisse, situé au bord du lac de Bienne, vis-à-vis de l'île célèbre de St.-Pierre, décrite d'une manière si ravissante par le malheureux Rousseau, qui la choisit pour son asyle. Le gouverneur de Berne, à qui cette île appartenait, répara, dans la personne de M. Delille, la rigueur que son prédécesseur avait exercée envers Rousseau, en le bannissant de cette île délicieuse où il était venu cacher ses malheurs, sa défiance et sa célébrité. Le poète obtint le droit de bourgeoisie dans cette même île dont l'illustre prosateur avait été banni. M. Delille trouva, dans le séjour de Glairesse, tout ce qui flattait sa passion pour les beautés pittoresques de la nature : un beau lac, de belles montagnes, des rochers et des cascades. C'est là qu'il acheva l'*Homme des Champs* et le poëme des *Trois règnes de la Nature*. Nulle part il n'éprouva plus d'inspiration et de délices dans ses compositions poétiques.

Après deux ans de séjour à Soleure, il se rendit en Allemagne, où il composa le poëme de la *Pitié*, et passa ensuite deux ans à Londres, pendant lesquels il traduisit le *Paradis perdu*. Cette traduction, faite de verve, est un de ses plus beaux ouvrages; il travailla avec tant de zèle et d'ardeur à ce monument poétique, qu'il fut commencé et achevé en moins de quinze mois. Lorsque, dans la suite, on le félicitait sur une entreprise si heureusement terminée, le poète répondait qu'elle lui avait coûté la vie. En effet, à peine venait-il de traduire la belle scène des adieux d'Adam et d'Eve au Paradis terrestre, scène qui termine le poëme de Milton, qu'il sentit la première attaque de paralysie dont les suites l'ont conduit au tombeau.

Lorsqu'un gouvernement réparateur eut dissipé les troubles de la France, Jacques Delille revint à Paris; il y rapporta le fruit de ses travaux, et, s'il est permis d'employer ici une image champêtre qui ne déplaira point à son ombre, il rentra dans sa patrie comme l'abeille rentre dans sa ruche, chargé des trésors qu'il avait amassés dans ses courses nombreuses. Il retrouva, à son retour en France, ce qu'on trouve partout avec un beau caractère et un grand talent comme le sien, de véritables amis et de nombreux lecteurs. Au sein de sa famille et de l'amitié, il jouit pendant plusieurs années de cette tranquillité si chère aux Muses qu'un héros venait de rendre à la patrie; il publia ses ouvrages, et fut témoin de leurs succès. Il faisait les délices de toutes les sociétés où l'on avait le bonheur de l'entendre. Personne n'avait dans le monde un esprit si facile et si brillant, une gaîté si douce, si inaltérable; personne ne parlait avec plus de charme et n'écoutait avec plus d'indulgence. Il avait peint l'homme aimable dans son poëme de la *Conversation*, et tous ceux dont il était connu ne trouvaient qu'en lui le modèle qu'il avait imaginé.

Tel était l'homme que la France vient de perdre. Celui qui écrit cette courte notice a passé plusieurs heures auprès de son lit de mort; il a vu une famille au désespoir, des gens de lettres, des amis des arts pleurant la perte qu'ils allaient faire, espérant encore que la nature ferait un miracle pour le poète auquel elle avait accordé tous ses dons, et ne pouvant détacher leurs regards de ce lit muet et silencieux où souffrait le chantre de l'*Imagination*, et qui était déjà couvert des ombres du trépas. Je voudrais pouvoir rendre ces scènes de désolation; les larmes de l'amitié, le deuil profond de tous ceux qui ont connu Jacques Delille en diraient plus que tous mes éloges. M.

TABLE.

FIN DE LA TABLE.

ERRATA.

Page 11, *vers* 12,

Cherchant la Renommée en fuyant tous les yeux,

    Lisez :

Cherchant la Renommée et fuyant tous les yeux.

    Page 23, ligne 17.

Par levibus ventis volucrique simillima sommo,

    Lisez :

Par levibus ventis volucrique simillima somno.

    Page 56, *ligne* 1re : Une fois bien entendus, donneraient une idée au style de ces poètes, *lisez :* du style de ces poètes.

    Page 87, *vers* 18,

Ton livre pour toi seul est un ivre fermé,

    Lisez :

Ton livre pour toi seul est un livre fermé.

www.ingramcontent.com/pod-product-compliance
Lightning Source LLC
Chambersburg PA
CBHW051549280626
47162CB00021B/1654